講談社文庫

#《ハッシュタグ》柚《ゆ》莉《り》愛《あ》とかくれんぼ

真下みこと

講談社

contents

#柚莉愛とかくれんぼ

プロローグ

1.

「この企画が失敗したら、メンバー増員するから」

だってさ。知るか。知らない知らない。失敗したって私のせいじゃない。これを考えたマネージャーの頭が悪いだけだし、ってことにしちゃいたい。

でもそのマネージャーは東大《とうだい》の人で名前は田島《たじま》さんっていって、由香《ゆか》ちゃんが売れたのは彼がマーケティングをうまくやったから、らしい。

だから？　って感じだけど。

大切なのは私がやりたくないと思っているということで、説明できない胸のぞわぞわは、このアイデアが間違っていることを表している。だけど大人は私の言うことなんて絶対に聞いてくれないから、結局全部、彼らが頭の中で描いた筋書き通りに進むんだろうな。

事務所の先輩の如月《きさらぎ》由香ちゃんは私より一つ年上で、「ソロアイドルの最終形態」なんて言われている。この時代にソロで活動してCDが二十万枚売れるのはもはやあり得ないことみたいで、CD不況を救う女神だって誰か大人が言っていた。中学生のとき、音楽番組で由香ちゃんのバックダンサーについたことがあって、私は泣きそうになった。自分の顔が嫌いになるところだった。由香ちゃんは、完璧《かんぺき》な美しさだったから。世界で一番かわいいのは私、っていうのが口癖の萌《もえ》も、あのときは少し暗い顔をしていたから、みんなそうなんだと思う。

そんな由香ちゃんに追いつきたくて必死にここまで頑張ったけど、私たちがメジャーデビューするって話は出てこない。その代わりに増えていくのは小さな仕事、仕事、仕事、仕事仕事仕事……。

いらない。全部いらない。

いつか武道館《ぶどうかん》で、とか言ってたときもあったなあ。最近はもう、言わないようにしてる。結成から二年。初めてCDを出してから一年半。私たちの仕事はTwitter《ツイッター》の投稿と動画配信と握手会とハイタッチ会とツーショット会と事務所が無理してとってくるフリーペーパーの取材と深夜のくだらないバラエティと、おまけのようなライブ。

ファンの人にとっては、CDはひとり一枚じゃなくて何枚も買うのが当たり前になっている。何枚買うかによって、握手券の枚数が変わるから。CDは、ただのおまけ。雑誌の付録が豪華になった今、本誌はもはやおまけみたいになっていて、お姉ちゃんは付録目当てで買った雑誌の本体だけを私とお母さんが住むアパートに送ってくる。握手券のために私たちのCDを買うお客さんも、そんなもんなんだろうな。その気持ちはすごくわかる。本当に大したことないし、私たちの曲。

だけど、私は投げ出せない。前髪がおでこに張り付いちゃうくらい一生懸命に踊って歌って、心からの笑顔をみんなに見せなきゃいけない。いつかは夢が叶《かな》ってくれないと困るから。もう後戻りなんてできないから。

「……めんどくさ」

「Twitter に投稿するために撮った写真を加工していると、いつも余計なことを考えてしまう。画面に映る私は分厚い仮面をかぶっているみたいで、私とはまったく別の人みたい。

毛穴のない不自然な肌。大きくなった目。鼻先を少し伸ばして人中を短くして、顔を小さくして、口もかな。あっ全身写真もつけないと。萌が撮ってくれたやつ。これも足を細くして顔を小さくして……。まあ、こんなもんでしょ。

カメラロールに戻って画像を左右にスワイプすると、ビフォーアフターがはっきりとわかって、ファンの人が求めているのはこっちの私なんだろうな、とつやつやの顔をした自分の頰《ほお》を、指先でそっとなでた。

文面は、今日の衣装がかわいくてすっごい幸せな気持ちでライブができました、とかでいい。語尾に音符とかつければ、完璧。

「Twitterアプリを開き、仕事用のアカウントを開いた。

いまどうしてる？　って書いてあるところを押して、さっき考えた文面をできるだけ速く打ち込んだ。嘘《うそ》だってばれてしまわないように。

【@青山柚莉愛《あおやまゆりあ》：今日の秋ふぇす。楽しかったです～！　衣装も可愛《かわい》くて、すっごい幸せな気持ちでライブができました♪　来てくれてありがとう！　＃《ハッシュタグ》となりのSiSTERs《シスターズ》　＃青山柚莉愛　＃秋ふぇす　＃最高すぎました　＃みんなありがとう　＃とりあえず今枝豆食べてます　＃笑】

上出来。ちなみに今、枝豆なんて食べていない。

ツイートボタンを押してタイムラインを更新して、自分のツイートにどれくらい「いいね」が集まるか観察した。芸を覚えたばかりの猿みたいに、画面の同じところだけを操作し続ける。

いいねが二百を超えたら、私はこの作業から解放される。よかった。今日も勝った。何かに。

一日に一つ仕事に関するツイートをするように、事務所の人に言われている。でもあまりに事務的だとファンの人が嫌がるから、どんな話題でも自撮りを載せるのがお約束になっている。私のツイートにつく「いいね」は、私の言葉に対する評価じゃなくて写真に対する評価だ。私よりもかわいいアイドルは毎日増えて、私は一日ずつ年を取る。昨日、お母さんと同い年の女優がInstagram《インスタグラム》に自撮りを載せて「おばさんのくせにイタい」と叩《たた》かれていた。私も、いつかはそうなる。誰かの目を気にして等身大以上の自分を演出するのは今と変わらないのに、誰かによって冷静に線を引かれて、アウトだと認定される。

だけど、とりあえず今日は私の勝ち。

指を細かく動かすのをやめて、アカウントを誰にもフォローされていないほうに切り替えた。名前は「あ」でアイコンは真っ黒。私はここで自分のファンとアンチを非公開リストに登録している。いわゆる「裏アカ」ってやつ。

自分のファンのツイートを覗《のぞ》いた。すごい。さっきツイートしたばかりなのにもう反応してる。そのほとんどはかわいい、とかでつまらなかったから、少し遡《さかのぼ》ってお昼くらいのツイートを探した。

【@柚莉愛にガチ恋する日々：朝のツイート可愛すぎるわ。髪型少し変えたよね？前髪の分け目がいつもより二センチくらい右にずれてる気がする。そんなところまで気づいちゃう俺、気持ち悪すぎ笑】

【@となりの☆俺：いやー柚莉愛ちゃんマジ可愛すぎだって。こんなに可愛いのに枝豆が好きとかいうギャップが素晴《すば》らしい。これは世間に見つかってしまうのも時間の問題だわ。だって目のピュアさが尋常じゃないもん】

【@TOKUMEI《トクメイ》：柚莉愛ちゃん、可愛いけどまた太った？笑　健康なのはいいけど、食べすぎはほどほどに♪】

【@えだまめ：青山柚莉愛が好きな枝豆を食べながら「雨はシンフォニー」を聞いてる。まあ幸せとしか言いようがないね。ほんと柚莉愛ちゃんが生きてるってだけで感謝だわ〜　#NowPlaying《ナウプレイング》　#雨はシンフォニー　#となりのSiSTERs　#青山柚莉愛　#枝豆】

四つ読んで脳の限界が来た。どうしてオタクの人の文章って、一文が長いわけじゃないのにこんなに内容がぎゅっとしているんだろう。早口で一方的にまくしたてられているみたいで、なんだか疲れる。上から目線のアドバイスも、結構傷つくし。私のファンくらい、私を全部受け止めてくれてもいいじゃん、とか思う。

この人たちはファンの中でも面白いツイートをするからよく読むけど、今日のはそんなに面白くなかった。

アンチと書かれたリストを開く。当たり前だけど全員が、私のことを嫌っている。

【@となりのＳｉＳＴＥＲｓを守りたい：どうして柚莉愛センター固定なのかが理解できない。萌の方が可愛いしアイドル性だって高いしダンスも踊れるし、何より柚莉愛ってデブじゃんｗｗｗ】

【@センターは久美《くみ》：ブタがセンター張ってる間はこのグループはデビューできないと思う。これは俺が久美のファンだからとかそういう理由じゃなくて、客観的に見ての話。事務所にこのツイートが届くことを願う】

だめだ。こっちは二つが限界だ。

これはただの文字かもしれないけど、向こう側の人が生きているところを想像するとやっぱり怖い。高校を早退してライブに出てもCDは売れないし、毎日こうやって叩かれる。アンチが握手会に来て私を怒鳴《どな》ったこともあったな。足がすくむってこういうことなんだ、ってそのとき初めて理解した。もう、慣れたつもり。

部屋にある体重計には、最近乗れていない。一回乗ろうとして過呼吸を起こして倒れちゃったことがあって、それからお母さんが私のアパートに住んでくれている。体重計を眺めていたらまた呼吸が速くなってきて、両手を使って首の向きを変えて、息を大きく吐き出した。

『過呼吸になるときって息を吸いすぎちゃってるから、息を吐くことだけを意識するといいんだって』

久美の優しい声を思い出すと、私の頭に直接ささやいているみたいに大きな音でひびく。この前、久美の声聞くと安心するって言ったら、そんな調子じゃ彼氏できないよ！　って冗談っぽく言われたな。私はそれになんて返したんだっけ。思い出せない。でも久美の笑顔を想像したら呼吸もいつも通りに戻って、私には久美が必要なのだとわかった。笑顔を思い浮かべると安心するって、久美こそ私のアイドルだ。

どうして、私たちだったんだろう。

如月由香ちゃんのバックダンサーを務めていた十人の女の子が事務所の会議室に呼び出されて、一回やったはずのオーディションをまたやったのが二年前なんて、ちょっと信じられない。

狭い会議室で数人の大人にじろじろ見られながら、私は由香ちゃんのデビューシングル「まぶしいくらい」を歌った。歌は下手だけどやる気は伝わった、とか言われて、久美と萌と私とで「となりの☆SiSTERs」を結成すると告げられた。大人たちの鋭い目が、中学三年生だった私の目にそのまま刺さって痛かった。

高校に入学したタイミングで「きみのとなり」というシングルをインディーズで出すことになった。それを告げられたのも、あの会議室だった。

「コンセプトは、誰の隣にもいそうな妹系アイドルだから」

眼鏡をかけた大人が、にこりとも笑わずにそう言った。メンバーが全員都内に住んでいたこともあって、東京のライブハウスを中心に活動していくことになった。

今まで四枚CDを出して、センターは毎回私だった。ファンの数は三人とも同じくらいで、私のアンチのほとんどは萌と久美のファンだったから、私はファンよりもアンチのほうが多かった。

私のツイートにつくコメントはいつもひどくて、なるべく見るなと言われていた。だけど結局気になっちゃうから、私は事務所の人にばれないようにツイートを見る方法を探した。

それがこの、裏アカ。

初めて作ったとき、ばれたらどうしようって心配したけど、今となってはこれがない生活は考えられない。

表アカを使ってエゴサして自分をよく言う人のツイートを「いいね」するとあからさまだし、アンチのツイートに反論するとスルースキルがないとか言われる。でもこの方法なら大丈夫。誤操作の心配がないから私は守られるし、いろいろな人のツイートを、好きなだけ覗くことができる。

私が公式のアカウントで反応するのはたまに出る番組の宣伝ツイートとか、萌や久美のツイートとかだけ。そのせいでファンの人には「プロ意識が高い」とか言われていて、そういう発言を探すのもストレス解消の一つだ。

由香ちゃんも「Twitter をやっているけど、ツイートはマネージャーが作ったもので、それは由香ちゃんをよりミステリアスな存在にしていた。それを見て、私も「Twitter なんてやりたくないと言ったら、当時のマネージャーに怒られた。

「あなたたちが売っているのはCDじゃなくて、あなたたちという存在なの」

彼女は私たちではないアイドルが好きな人で、アイドル論をたびたび振りかざしては私たちを悪い意味で驚かせた。歌もダンスも、うまい人よりへたな人のほうが売れると言ってきたのも、この人だった。

そのマネージャーはあっという間に仕事を辞めた。結成から一年経《た》つのに売れる気配のない私たちを見限ったんだろうな、と事務所の大人の説明を聞いて思った。

それから私たちも私たちなりに頑張ってきた、はずだった。だけど結果が出ないってことは、そういうことなんだ。来年、私は高校三年生になる。もしこのグループがこのまま売れなかったら、勉強が苦手な私の進路は真っ白のまんまだ。

白いキャンバスに何かを一生懸命に描こうとしている間はみんな褒《ほ》めてくれるのに、その絵が完成しないとわかった瞬間に「自分の進路をよく考えろ」って叱《しか》ってくる。本当は、最初から学校指定の絵柄と色があったのかもしれない。紺色を使わないとダメ、みたいな。でもそんなルール私は知らなかったし、ここまで来たら、このまま完成するかわからない絵のためにすべてを費やすしかない。

この企画が失敗したら、メンバーが増える。私たち三人で作り上げてきたものは、なかったことになる。

萌はとにかく売れたいって言っているから、メンバーが増えれば売れるならさっさと増やしてほしい、くらいに思っているかもしれない。やっぱり私がやるしかない。理由はうまく言えないけど、この三人のままがいい。

【@柚莉愛ちゃん結婚してください：今日握手会行ったけど、ガチで「ぼくと結婚してください」とか言ってるやついてファーｗｗｗってなった】

今日も、握手会にいつもの人が来ていた。
その人は変わった人で、五分話せる分のＣＤを買うくせに、私にひとことも話しかけてこない人だった。いつも私が話を振って、向こうはそれに対してだるそうに答えるだけ。アンチってわけじゃないから悪い人じゃないと思うけど、毎回少し困る。だから私はその人が来たときのために雑談のネタをメモしていた。これはファンサービスとかにも役に立つことが多くて、今では少しだけ、その人に感謝している。
今日は珍しく向こうが口を開いてきて、剝《は》がしのスタッフもびっくりしていた。内容は結婚してくれ、とかで、すごく思いつめた感じだったからちょっと怖くて、急いで笑顔を作って「結婚したら柚莉愛にどんなことをしてくれるの？」と聞いた。それに対して彼がなんだってやる、とか言うから少しイラッとして、「じゃあ柚莉愛が助けてって言ったら、いつでも駆けつけてね」と言った。もちろん、と言いながら満足そうに帰るその人の後ろ姿を見たら大きな罪悪感が襲ってきて、結婚なんてできないとはっきり言えなかったことを後ろめたく思った。でもスタッフは「柚莉愛ちゃん、神対応だったね」とか言っていたし、これはこれでよかったのかもしれない。

体重計にも乗れない私を、彼はどうやって助けるつもりなのだろう。

本当は助ける気なんてないんだろうな。私が「青山柚莉愛」だから結婚したいと言っているだけで、素の私を好きと言っているわけじゃないし。

自分を守れるのは、自分だけだ。エゴサをするのがバカバカしくなってスマホを床に置いて立ち上がる。全身鏡の前に立つと確かに、今の私は太っている気がする。ふくらはぎとか、二の腕に、贅肉《ぜいにく》って感じの肉がついている。贅沢《ぜいたく》なんてしてないのに、変な名前。

どうして私、アイドルなんてやっているんだろう。

ずっときれいでいる。彼氏を作らない。男友達とも会わない。キスシーンのあるドラマは断る。ファンと嬉《うれ》しそうに握手をする。いつも笑顔でいる。短いスカートを穿《は》く。そのために高いお金をかけて脱毛をする。ブランド品は持たない。安い化粧品を使っているふりをする。誰のために？　いつまで？

求められる私をうまく演じれば演じるほど、本当の自分と作られた自分が、後戻りできないくらいに離れていく。

とりあえず、明日失敗しなければオッケーということにしよう。全然オッケーじゃないけど、とりあえず。失敗して迷惑かけるよりは、いくらかマシでしょ。

もう一度スマホを開いて、久美にＬＩＮＥ《ライン》を送った。

【明日、本当にうまくいくかな？】

既読は一瞬でついて、返事はすぐに返ってきた。久美が男だったら、絶対に告白しちゃうな。それで優しく振られるんだろうな。

【だいじょうぶに決まってんじゃん！　だって柚莉愛だよ？　袖《そで》で泣いててもステージに立つと笑顔になれる、となりの☆ＳｉＳＴＥＲｓのセンターだよ？　絶対に大丈夫だから、自信もって頑張って！】

【ありがとう】

久美が割と長い文で送ってくれたのに私の返信は素っ気《そけ》なくて、それを久美は絶対に怒らないから、私はいつも久美に甘えている。

私はそのLINEのスクショを撮って、待ち受け画面に設定した。お守りとか神様とかは信じていないけど、久美のことだけは信じられる。

【私、頑張るね】

【うん、その調子!】

その文を既読無視したタイミングで母親に呼ばれて、サラダとカレーのルーだけを食べて、寝ることにした。

足が少しでも細くなるように、着圧ソックスを履いて寝る前のストレッチをした。

明日の朝起きたら、ふくらはぎがあと一センチでいいから細くなっていますように。

これはもう祈りっていうより、執念に近い。ストレッチが終わったらマッサージをして、なんとなく自分の中で寝る許可が出たら、髪が傷まないようにナイトキャップをかぶって、肌に優しい代わりにものすごくダサいパジャマを着て、お母さんが敷いてくれた布団にダイブする。

「そんな格好、ファンの人には見せられないわね」

私が寝る前のお母さんの口癖。それに対して私はいつもへらへらと笑って、その中途半端な笑顔のまま布団にもぐる。小さいころはうつぶせで寝ていたけど、顔の筋肉によくないらしいからあおむけで寝る。

十時に寝ると肌がきれいになるって噂《うわさ》を聞いてから、仕事がなければ十時に寝ることにしている。今日は十時四分。ちょっとオーバー。

「お母さんあっちでテレビ見てるから」

「はーい。おやすみ」

本当はお母さんが布団に入るタイミングで私も目を覚ましちゃうから同じ時間に寝てほしいけど、そこまでわがままは言えない。

布団を深くかぶってテレビの音が聞こえないように耳をふさぐと、足が冷えて眠れる気がしない。早く寝たいのに寝られない。これは最近の切実な悩みで、寝たいのに眠くならないこの時間が辛《つら》くて仕方ない。でもしょうがない。私はアイドルだから。

こんな生活が一生続いてもいいから、メジャーデビューできたらいいな。

2．@TOKUMEI

いつからだろう。匿名希望、というハンドルネームが古く感じるようになったのは。2ちゃんねるやまとめサイトの全盛期が、ずっと昔に思える。

僕にとってのインターネットは、自分ではない誰かになりきって楽しむもので、だからネットスラングって、あんなにも流行するのだと思う。掲示板の住民に、全員がなりきっているから。

パソコンに向かってキーボードを操作していると伸びてきた指毛が目について、何分かに一回はそれをしばらく凝視してしまう。こんなはずじゃなかったのに、僕。

Twitterを開いて柚莉愛のツイートをチェックするのが、ここ一年くらいの日課になっている。おはようツイートはいつも通り、自撮り付きだった。それに対して一瞬でリプライを飛ばす。

【@青山柚莉愛：みなさん、おはようございます！　お元気ですか？笑　柚莉愛は今日も元気です♪　今日は秋ふぇすがあるので、来て下さる方に会えるのを楽しみにしてます～！　#となりのSiSTERs　#青山柚莉愛　#秋ふぇす　#来てくれるよね？　#よね？　#約束だよポーズしてみた　#笑】

【@TOKUMEI：柚莉愛ちゃん、可愛いけどまた太った？笑　健康なのはいいけど、食べすぎはほどほどに♪】

もともとは彼女のことが好きだった。でもいつまで経ってもメジャーデビューできないから、甘やかして何も言わない運営の代わりに僕がちゃんとアドバイスをしないと、みたいな責任感が湧《わ》いてきた。だから僕は心を鬼にして、自撮りの写真にケチをつけることにしている。

というのは後付けの理由で、本当の理由は別にある。一度ストレス発散に「アヒル口、似合わないからやめたほうがいいよ笑」と彼女の写真にリプライを飛ばしたら、それ以来彼女がアヒル口をするのをやめたのだ。自分の手を汚すことなく人を操る楽しさ、っていうの？　僕はすっかりその虜《とりこ》になって、このアカウントはそれ以来、柚莉愛専属のコメンテーターみたいになっている。自分自身についてのツイートは一つもせず、柚莉愛の直したほうがいいところを、毎回そっと指摘する。結構的確だと思うんだよね、僕のアドバイス。だからいまだにブロックされていないわけだし。

「柚莉愛って、僕がいないとだめだからなぁ」

検索の画面を開いて「#ゆりくみ」で検索をかけた。三人組の「となりの☆SiSTERs」ではペアの組み合わせは三通りあるけど、特に人気があるのが青山柚莉愛と江藤《えとう》久美のペア、ゆりくみだった。

検索結果の写真をいくつか見ると、全部自分が持っている写真だったけどいくつかにリプライを飛ばした。

【@TOKUMEI：この二人がアイドル界を変える、そんな感じがする】

【@TOKUMEI：本当に柚莉愛は久美のこと大好きだよなあ】

【@TOKUMEI：あまりに仲良くて見てるこっちが照れる笑】

暇さえあれば真顔でパソコンに向かって文字を打ち続けている僕を母さんは心配していて、一度本気で病院に連れていかれそうになった。全力で暴れたら、行かなくていいことになったけど。

一通りリプを送り終わって、僕はタイムラインを眺めた。YouTube《ユーチューブ》で自分の顔写真と住所を公開した小学生の動画が拡散されていて、どうしてネットで顔出しなんかするのか不思議に思った。アカウント名もプロフィールも、写真も発言もヘッダー画像も、自分と結びつきようがないものにしたうえで、ようやく平和に楽しめるのがネットの世界なのに。それとも僕の考えが古いのかな。でも現にこの女の子は暇人の格好の餌食《えじき》になっていて、僕もなんとなくそのツイートに「いいね」を押した。

ネットで顔出しする人の気持ち悪さって、朝の情報番組のお天気コーナーで映りこもうと必死な人たちのそれと似ている。芸能人がTwitterで顔出しするのは当たり前だ。それでお金をもらっているのだから。だけどそうじゃない人が自信満々に顔出しするのを見ると、なんか見てはいけないものを見てしまったような気がしてくる。その番組に如月由香がゲストとして出演したときも、後ろにたくさんの人がいて、顔のクオリティがあまりにも違って笑ってしまった。

わきまえろよ、みんな。

だから僕は絶対にこのアカウント名を変えない。この時代に「匿名」を名乗るのって、一周回ってネット上級者感があるし。

喉《のど》が渇いた。ツイート内容を考えていると、誰と話すわけでもないのに、なぜか喉が渇く。僕は自分の部屋を出て台所で水を飲んだ。すると、母さんが僕に気づいてあからさまに顔をしかめる。

「あんた、今日の予定は？」

「夕方出かける」

「何の用事？」

「秋ふぇす」

「……そう」

母さんはそれだけ言うとリビングを出て洗面所に向かった。たぶん洗濯物を片付けるのだろう。僕はそれを気に留めることもなく自分の部屋に戻った。

「パソコンばっかりやってないで、少しは家事を手伝いなさい」

鍵を閉めたドアの向こうから、母さんの声がした。わかってるよ、と小さい声で呟《つぶや》くと向こうから聞いてるの？　という大きな声がしたので、僕は部屋のドアを開けて張り合うように大声を上げた。

「わかってるよ！」

声を出すのと同時にドアを勢いよく閉めて鍵をかけた。ドアが大きな音を立てるのを聞いて、SNSの非公開アカウントのことを鍵アカ、と最初に呼んだ人とは気が合いそうだと思った。

僕はまたパソコンを開いてTwitterを巡回した。それに飽きるとまとめサイトを見た。中身が大したことないのは昔からだけど、最近は一つ一つの発言のクオリティが低い気がする。

「能無しばっかり」

そう呟いたときの自分の声が思ったより低くて、僕はひとりで笑い始めた。そのうち止まらなくなって大笑いしていると、パソコンの画面が暗くなって笑っている僕が映し出された。ひとことでいうと、やばいやつがそこにいた。

いたたまれなくなってパソコンをもう一度明るくし直した。右下の時計を見ると十二時を過ぎていた。おなかが空いてなくても、ご飯は食べなくちゃいけない。僕は嫌々部屋の鍵を開けてキッチンのほうに叫んだ。

「母さん、昼ご飯まだ？」

開けっぱなしのドアの向こうから母さんの大袈裟《おおげさ》なため息が聞こえる。わざとらしいなぁ。しょうがなく僕も部屋を出てリビングに向かう。母さんはソファに座ったままだ。

「ねえ、まだって聞いてるじゃん」

「あんたね」

母さんがいつもの険しい顔をしたから僕は先回りして反省したような顔を作って何か言われるのを待った。

「平日なのに毎日ダラダラして、恥ずかしくないわけ？」

またその話だ。今年に入って何回この台詞《せりふ》を言われたのだろう。

「僕だって仕事してるよ」

「あれのどこが仕事よ？　お父さんみたいに安定した仕事に就きなさいよ！」

母さんも仕事してないくせに、は禁句。この世で一番のタブー。だから僕は言わないのに、母さんは僕に言ってはいけないことばかり言ってくる。

父さんはよく知らない会社の部長で、そこそこ偉いらしい。このマンションだって狭くはないし、父さんが働いてくれるおかげで僕たちは安定した生活を送っている。だけどそれが何だというのだろう。安定した収入があれば偉いって、ちょっと古くない？

「ごめん」

ここで僕がタイミングよく折れると、母さんの機嫌は直る。ストレスたまってるんだろうな、親戚とか近所の人に僕の進路を説明できなくて。この後僕がうつむきながら食卓に座っていると、すぐに昼ご飯が出てくるから、僕はそれを嬉しそうにがっつく。

母さんは僕がご飯を食べるとき、僕の顔をじっと見ることがあって、少し悲しそうな顔をした後に笑顔になるから、僕のことをどう思っているのかはよくわからない。でも悲しいのも嬉しいのも僕のせいだとしたら、僕が犯した過ちっていうのは、あのとき大学に行かない、という選択をしたことなのだろう。ま、ほかにもいろいろあるだろうけど。

「今日のご飯、いつもと食感がちがう」

「気づいた？　今日はね、白滝を一緒に炊いてみたの」

なんでそんな訳わからないことをしたの、と僕が嫌そうな顔をすると母さんは弁明を始めた。

「いやお母さんも太ってきたかな、と思ってね。ダイエットすることにしたの」

「ふーん」

「あんたも一緒にやる？」

「やらない」

無表情で椅子《いす》から立ち上がり、シンクに食器を置いて部屋に戻る。鍵を閉めるとドアの向こうから食器を洗え、って声が聞こえてきて、僕は大きく伸びをした。皿洗いなんてしたくない。僕は特別な人間なのだから。

パソコンを開いてTwitterを見ると、青山柚莉愛のファン数人のツイートが流れてきて、どいつもこいつも柚莉愛のことを少しもわかっていなかったから面白かった。柚莉愛はたまに「自分がセンターでいいのか自信がない」とかライブで言い始めるけど、それは同情を引くためだけのものだ。本当の柚莉愛はあんなじゃない。

「僕だけは、わかっているからね」

壁に適当に貼られた「となりの☆SiSTERs」のポスターの端が剝がれかけていて、僕はセロハンテープを使ってそれを直した。これが駄目になっても、代わりは部屋にいくらでもある。

三人並んでいるところを見ると、このメンバーでキャンディーズとかPerfume《パフューム》とかになれる感じはしなかった。だけど僕は信じたかった。この三人を。

結局、僕は柚莉愛を好きなのか嫌いなのか、自分でもよくわからない。

そもそも人間と人間の関係ってそう簡単なものじゃない。相手がアイドルっていうだけで関係性が「ファン」か「アンチ」かの二択になるなんて、なんか変なの。

「この三人を信じたいって、宗教じゃないんだから」僕はそう言って、声も出さずに笑った。

　机の引き出しに入っている爪切《つめき》りを取り出して指の爪を丁寧に切った。ライブでは結構動くから、人を傷つけないように毎回爪を切ることにしている。

　今日の秋ふぇすってやつはフェスと呼ぶにはあまりにも規模が小さくて、地下にあるライブ会場で数組のアイドルが対バン形式で行うものだった。文化祭みたいにセトリがすでに発表されていたけど、たった四曲しか披露しない上、全部が無難な曲だった。それに、先にどの曲をやるかわかっていたら、見に行く楽しみはぐっと減る気がする。

「運営無能すぎ」

　正直、ここ最近の曲には僕も飽きていた。いくら持ち歌が少ないからって、似たようなライブばかりだと正直萎《な》える。でも僕たちは、倦怠期《けんたいき》のカップルがそうするように、お互いに飽きていないふりを続ける。

「結局行くんだけどね。ライブ」

　時計を見ると十三時で、ライブは十六時からだったから出かけることにした。僕は洗面所に移動してうっすら生えている髭《ひげ》を剃《そ》った。剃れば剃るほど、太い毛が生えてくるのが不思議だったし、人間って本当に不便だと思った。

「出かけるの？」

シンクに水が流れる音と一緒に、母さんの声が届いた。

「うん、そろそろ」

「夕飯は？」

「帰りが九時過ぎるけど、あるとうれしい」

「たまには誰かと食べたりとかしないわけ？」

母さんがそう言ったのを聞こえないふりして、僕は鏡で自分の顔を確認した。今日は握手会もあるし、距離が近くなるから、いつもよりも慎重になっている。

自分の部屋に戻り、洗濯物の一番上に置いてある灰色のパーカーとユニクロのジーンズを穿いて、徳用の箱からマスクを取り出して顔を覆った。匿名って言葉を擬人化したら、こんな感じになると思う。

財布をいつもの鞄《かばん》に入れ、鍵を持って部屋を出た。自分の部屋に半年前に取りつけた鍵をかけ、そのまま玄関に向かう。

「いってらっしゃい」

遠くから母さんの声が聞こえる。僕は小さい声でいってきます、と呟いてスニーカーの紐《ひも》をきつく締めた。キッチンのほうから母さんの足音がこちらに近づいてくる。

「あんたねえ、家族だからって横着しないの、ちゃんと挨拶《あいさつ》くらいしなさいよ！」

僕は靴紐から顔を上げて母さんの目をまっすぐ見て、すぐに視線を元に戻した。

「わかってるよ」

「じゃあちゃんと言いなさい、いってきますって」

「……うるさいな」

やばい、心の声が漏れちゃった。こういうのが、ネットとリアルの境目がわからなくなるってことなのかもしれない。

「うるさいってどういうこと？」

「ごめんなさい。いってきます」

「よろしい」

おどけて言った母さんに苦笑いを送って、僕はようやく家を出ることができた。

「会場どこだっけ」

マンションの階段を下りながら会場の地図を調べようとポケットをまさぐると、スマホがなかった。

急いで家に戻ってドアを開けると、ずいぶん早かったわね、と母さんが言ってきて、僕は黙って自分の部屋に戻って置きっぱなしになっていたスマホをポケットにしまった。

「チッ」

舌打ちが部屋に響き渡った。すっきりするかと思ったのにそうでもなくて、僕は勢いよく部屋を出てそのまま家を出た。

「……イライラする」

得体の知れないイライラの原因は、たぶん自分自身だった。

第1章

3.

——ステージに上がった瞬間に、私たちアイドルはひとりぼっちになると思っていました。どんなミスをしても、誰も守ってくれないと。だけど、違いました。ステージの向こうには、私たちの一番の味方になってくれる、ファンの方がいました。

デビューシングル「まぶしいくらい」の発売記念ライブでの、如月由香ちゃんの言葉。由香ちゃんが十五歳を迎える誕生日当日にこのCDは発売されて、そのときは二万枚しか売れなかった。でも私たちのCD売り上げが二万枚を超えたことなんてなかったから、十分すごい。

十五歳でこんなことを言えてしまう由香ちゃんは確かに、天才的なアイドルだ。そのあとに発売されたシングル「中古品：綺麗な状態です」がTwitterでバズってどこかの層に刺さったらしくて、二十三万枚も売れた。デビューシングルの十倍以上売れたこのCDのタイトルを考えたのは、田島さんらしい。

「人を引き付ける言葉って、意外と普段何回も見ているものなんだよ。それをあえて曲のタイトルとかに持ってくると、え？　ってびっくりするでしょ」

田島さんは自慢に近い話をするとき、あえて素っ気ない口調になって、さらに顔はいつも真顔の六倍くらい仏頂面《ぶっちょうづら》になる。だから田島さんが真顔で何か話し始めたとき、私たちはとりあえず、すごーい！　と言いまくる。半分真面目《まじめ》に聞いて、残り半分は適当に褒めている。でもその真面目に聞いている方の半分は、本気ですごいと思っている。田島さんの目で見た世界を、一度でいいから覗いてみたい。きっと私の何倍も、いろいろなことに気が付いているから。

由香ちゃんのプロデュースに成功した田島さんは、今は私たちのマネージャーをしている。田島さんがプロモーションを手掛けてダメなら、私たちは本当にダメってことなのかもしれない。でも田島さんは、こんなダメなアイドルのプロデュースなんて、さっさと辞めたいんだろうな。

今日のライブ、私が途中で位置を思いっきり間違えちゃって、久美はそれにすぐに気づいて全体としてきれいに見えるように自分の位置を変更してくれた。実際は萌のほうが先に気が付いたみたいだったけど、見て見ぬふりをされた。

握手会がない日でよかった、というのが正直な感想だった。

こういうときにファンの人に直接説教されると、アイドルなんか今すぐにやめてやるって気持ちになってしまうから。由香ちゃんはファンの人のことを「一番の味方」と表現したけど、私にはそうは思えない。

「おつかれーぃ」

久美がハーフアップの茶髪を楽しげに揺らすのが鏡越しに見える。楽屋を出なきゃいけない時間まであと三十分あるのに、もう支度が終わっている。

「今日ごめんね、間違えちゃって」鏡の中の久美の目を見て言うと、なにが？　と言われた。位置間違えちゃったから、と私は小さい声で付け加えた。

「何、そんなこと？」久美はいつも通り私の右隣の席に座った。

「だいぶ間違えちゃったもん」

「ぜーんぜん気にしてないよ。萌なんか気づかなかったんじゃない？」久美はそう言って、さっきから入念にクレンジングをしている萌を見た。私も右を向いて、久美越しに萌の横顔を見る。

「なんのこと？」萌がアイメイクを力強く拭《ぬぐ》いながら私たちのほうを見る。

「だーかーらぁ！　今日のライブで、柚莉愛が位置間違えちゃったんだってさ」

久美は若干楽しそうに私のミスを指摘する。萌は右目だけアイメイクを落とし終わって、私たちに左右非対称の笑みを浮かべた。

「えぇーそうだったの？　もえ全然気づかなかったぁ」

「ほら、ね？　柚莉愛」久美が私の顔を見て、得意げな顔で笑った。そのあと鏡の中の萌の顔をじーっと見て言った。

「てかさっさと左目も落としてよ、怖いわ！」

「えー、ひどぉい！」

萌は私たちの前ではおバカ、というかぶりっこを演じている。久美はしっかり者のお姉ちゃんで、私は二人に甘える末っ子ってところ。年の差通りの役割を、私たちは自然と果たしている。

「柚莉愛はメイク落とさないの？」

左目も落とし終わって、すっかりシンプルな顔になった萌が、私の顔を不思議そうに見つめる。

「今日、金曜日だから」私がそれだけ言うと、久美が大袈裟に手を打ってそっか！と大きな声を出した。

「アレの日かぁ！」

「ちょ、生理みたいな言い方しないで」私が思わず吹き出すと、久美は満足そうにこっちを見た。

「ごめんごめん、頑張ってね」久美はそう言っていつも持っている飴《あめ》をくれた。

「……大阪のおばちゃんみたい」

「言えてるぅ」萌が会話に入ってくる。

「うるさい！　二人とも今度からあげないよ？」

「冗談冗談、ありがとう」そう言って、私はもらった飴をその場で口に入れた。いつもの桃味。

「応援してるからね、柚莉愛」

「もえも応援してるぅ」

「……ありがとう」

二人のほうを見ると、久美はスマホでＬＩＮＥか何かをし始めていて、萌は化粧水を顔に塗りまくっていた。スキンケアが大事なのはわかるし、私も気をつけてはいるけど、萌の執念にはかなわない。それに久美はメイクもメイク落としも雑なのに肌がきれいで、私はどちらにも勝てない。

（今日、アレの日か……）

やりたくないのに周期的にやってくる仕事は、生理に似ている。週に一度のリアルタイムの動画配信は、生理よりよっぽど厄介だった。何となく臭《くさ》い感じがするのも、よく似ている。

「だるいなー」

ひとりごとのようにそう呟いたら誰も何も返してくれなかったから、それは本当にひとりごとになった。カーテンの向こうで別のアイドルグループが騒ぐのが聞こえてくる。小さなステージにしか立てない私たちの楽屋は基本、大部屋だった。だけど女の子だから、とかいうよくわからない理由で、スタッフさんがカーテンで仕切りをつけてくれる。女の子のアイドル同士は仲良くなれなさそう、ってことなのかもしれない。まぁ、この状態は快適だから、理由なんてどうだっていいけれど。

「よしっ。今日のメイク落としおーわり！」

自撮りしよー！　と萌が私と久美が座る椅子の後ろに来る。萌はこのために、メイクをいくら落としても前髪のセットだけは崩さない。顔はアプリでいくらでも変えられるけど、髪型はそうはいかない。

「今日は何にしようかなー、B612？　SNOW《スノー》？」

「萌のアプリのセンスって古いよね」久美が小さいけど、ぎりぎり萌に聞こえる声で私に言う。

「ちょっとぉ。もえのセンスが古いってどういうこと？」

「私、そんなこと言った？」久美がとぼけると萌がもう、って言って私は笑う。三人でいるときのいつものリズム。やっぱり守りたい、このメンバーを。

「二人とも、寄って寄ってぇ」萌は楽しそうな声でカメラを私たちの前に突き出す。椅子に座る私と久美より、萌は少しだけ後ろに立つ。毎回毎回、このアングルでこのポジション。結成したばかりのころ、楽屋で写真を撮るためにこの位置に萌が来たときに、顔を小さく見せたいんだな、と思った。

個人的には萌は苦手、というかクラスにいたら仲良くなれないタイプだと思う。一緒に撮った写真を、自分の顔だけかわいく加工したりするし。でも今はみんなで仲良くすることが仕事だから、久美とは頰がぶつかるくらいに顔を近づけるし、萌との顔の距離もできるだけ詰めている。最初はこの距離の近さにお互い照れたし、私は萌にも久美にも敬語を使っていたけど、今となってはその全部に慣れた。同時に、ライブ用のかわいい衣装もすでに見飽きてしまった。

「おっけ、撮れたよぉ」

萌は後ろでスマホを見ながらそう言って、いつも荷物置きになっている私の左隣の椅子から荷物を取って自分の席を素通りした。

「いい感じになったよぉ、ありがとー」

じゃあね、と先に帰る萌の後ろ姿を見て、よれてしまったファンデーションをそのまま落として帰りたい気分になった。だけど今日は配信があるから、そんなことは絶対にできない。


「お願いします」

事務所の人が用意した車に乗り込み、私はあの部屋に向かった。由香ちゃんが乗るロケバスとは違って大きさも半分くらいだし、窓に覗き見防止のカーテンも引かれていない、普通の車。とは言っても家にある軽自動車よりは大きいし、私は後ろの席をひとりで使っていたからゆっくりできて、金曜日の移動が一番好きだった。

スマホでＬＩＮＥと Twitter と事務所に内緒でやってる Instagram を巡回していると、助手席に座る田島さんが振り返って数枚の紙を渡してきた。

「これ、今日の台本」

「ありがとうございます」

特にこの前話したのと変更はないから、と田島さんが言ったのでざっと読むと、確かにほとんど同じだった。文字が少なすぎて、台本と呼ぶには心細い。

「やれそう？」田島さんが声をかけてくる。

「うーん」

私は台本から顔を上げて、こっちを見る田島さんから目をそらして窓の外を見た。心配されている、と意識してしまうと不安になってしまうから。やっぱり今日は久美に来てもらえばよかったな。こんなとき久美なら、なんとかなるっしょ！　とか言って私を笑わせてくれるはずだ。

「とにかく」出しかけた声が思ったより上ずったので、私はそれをなかったものにして言い直した。

「とにかく頑張ります。でも、これで売上枚数が上がるんですかね」

「目標って三万枚だよね」

「はい」

私が返事したきり田島さんは黙ってしまったから、窓の外を見続けた。この道、何《なに》区《く》のどこなのかわからないけど、街灯がないからいつも薄暗くて、ライブが終わって八時過ぎくらいに通ると路地裏でカップルがキスしているのとか見られたりするから、現実逃避にはぴったりだった。今日は、あんまり人がいなくてつまらない。

とりあえずひとり当たり一万枚かなぁ、なんて軽い口調で事務所の人は目標を決めた。モーニング娘。がデビュー前に五人で五万枚CDを手売りしたから、らしい。どう考えても時代が違うのに、由香ちゃんが予想外にヒットしたから楽観的になっているのだ。

とにかく、出すCDが三万枚売れれば、私たちはメジャーデビューできることになっていた。

まあ、ダメでもともとというか、一昨年《おととし》の六月にオーディションに落ちた十人で由香ちゃんのバックダンサーをするって言われたときはまだ、この三人組で活動するなんて思ってもいなかったわけだし、自分の曲があるだけ感謝するべきだ。それに、私たちがいつかクビになる可能性だってないわけじゃない。

もともと俳優事務所だったうちの事務所「セルコエンターテインメント」が、何周年だかの記念でアイドルを募集した。私も久美も萌も、そのオーディションの参加者だった。結局、選ばれたのはもともとセルコに所属していた由香ちゃんだった。一昨々年《さきおととし》の七月に、由香ちゃんは「一万人から選ばれたアイドル」としてデビューして、それをテレビで見たとき、私は自分が応募者数稼ぎのひとりだったのだ、と何となく理解した。実際には、オーディションの参加者はそんなに多くなかったと、週刊誌に報じられていたけれど。

由香ちゃんがデビューして結構経ってから「セルコ」から連絡が来たときはびっくりした。私はそれ以来そういうオーディションを受けたりとかしなかったけど、呼ばれたからとりあえず行くことにした。中学二年生の終わりだった。集められたのは十人で、みんなオーディションの最終候補だったらしい。そのとき萌は中三で、久美は高一だった。一昨年の六月に発売された由香ちゃんのシングル「誓ってくれなきゃ」のPVが、私たちのバックダンサーとしての最初の仕事だった。それは結婚ソングだったから、由香ちゃんは花嫁の格好をしていて、私たちは全員紺色の地味なワンピースを着ることになった。

撮影の日のことはよく覚えていない。覚えているのは私たち十人に微笑《ほほえ》んでくれた由香ちゃんのきれいさと、自分がオーディションに落ちたことに納得したことだけ。だからそのあと「由香ちゃんがデビューできたのは社長のえこひいきだ」みたいな噂を聞いても、社長がデビューさせたくなる気持ちがよくわかったから、何とも思わなくなった。

由香ちゃんはそのあとも順調に活動を続けて、今年の春にはドラマ「全部、嘘でした。」で主演を務めていた。サスペンスとラブストーリーが混ざった新しいタイプのドラマで、由香ちゃんが歌った主題歌「夢を見ていた」は三十一万枚売れた。そのすぐ後に発売された私たちの四枚目のCD「雨はシンフォニー」の売り上げは三千枚だった。

どうして私たちは、由香ちゃんに届かないんだろう。

テレビに出ていたアイドル評論家は、由香ちゃんが売れた理由は凛《りん》とした佇《たたず》まいと拡散力だ、と言っていた。凛とした佇まいも拡散力も、言葉の意味はわかるけど、由香ちゃんがブレイクした理由の説明にはなっていなかった。あの人はきっと、私たちが売れない理由は説明できない。

由香ちゃんは二枚目のCDでブレイクしてから、出すすべてのシングルが十万枚以上売れている。十万枚売れなかったのは一枚目だけで、あとはずっと売れっ子だった。

活動内容は、規模を無視すれば由香ちゃんも私たちもほとんど同じで、由香ちゃんは有名になった今も握手会をやっている。違うのはライブ動画配信がないことと、Twitterを本人がほとんど使っていないことくらいだった。

私たちは毎日Twitterを更新して、週に一度リアルタイムで動画を配信して、握手会のたびに何人もの手を握った。メンバー仲がものすごく悪いってわけじゃないし、壊滅的な音痴がいるわけでもない。だけど届かない。CDを三万枚売るという壁は、私たちには触れそうにもない。

「青山さん」

田島さんの声がした。この人は事務所のほかの人と違って私のことを柚莉愛ちゃん、と馴《な》れ馴《な》れしくは呼ばなかった。

「大丈夫、売れるよCD。絶対いけるよ。だっておれが考えたんだから」

田島さんは前を向いたままそう言った。私ははい、と窓に向かって返事をしてから顔の向きを変えて田島さんの後頭部に話しかけた。

「こういう企画？　いや……ってい つ思いつくんですか」

「思いつく？　いや……」田島さんはそう言ったきり黙ってしまった。

「私、変なこと言っちゃいました？」

焦ってそう言うと、田島さんはそんなことないよ、とかすれた低い声で言った。

「おれはさ、何かと何かをくっつけることはできるけど、新しい何かを作り出せるわけじゃないんだ。だからこういう企画とかも、思いついたというよりは見つけた、に近いんだよね」

「あー、なるほどぉ」

一対一で話していても、田島さんが何を言っているのかよくわからなくなる。この人は頭がいいから、きっと考えていることの全部は、私には届かないんだ。でも微妙にセンスのない黒縁眼鏡の向こう側が、キラキラと輝く瞬間があって、私はそれを見逃さないように、田島さんの後ろ姿をじっと見つめる。

「ほら、アイドルって自分なりのキャラを作り出さなきゃいけないでしょ？　おれにはそういうことができないってこと」田島さんは振り返って、私と目が合うとすぐに目を伏せた。ずっと一重だと思っていたけど、本当は奥二重なんだとそのときに気が付いた。

「青山さんも江藤さんも南木《みなみぎ》さんも、みんな自分なりのキャラがあるし。おれも、この企画には自信がある。だから大丈夫、このグループは大きくなる」

面と向かって褒められると、なんて返せばいいのかわからない。というか、私なりのキャラなんてあったっけ。でもそれを田島さんに聞いたら、自分で考えなよ、とか言われそうで聞けない。

田島さんのがっかりする顔を、見たくない。

「目的地周辺です」

ナビが大きな声でそう言ったのを聞いて、私はコスメポーチを取り出すと、リップクリームを入念に塗りなおした。

スタッフの人がいつもの通りベッドを移動させるのを見ながら、私はさっき渡された台本を読んでいた。リアルタイムで自由に話す、という体《てい》のこの放送にだって、台本がある。

「変な部屋だなぁ」

一週間に一度しか来ないけど、ここは本当に変なところだった。事務所が借りた安いワンルームで、七畳しかないこの部屋にはカーテンが全部で三ついている。もちろん本当の窓は一つしかないから、ほかの二つは壁を覆っているだけだった。それぞれのカーテンが別の柄になっていて、入って左から順にピンク色のチェック柄、次に生成《きな》りのレース、そして白と黒のストライプ、の順につけられていた。部屋の真ん中にあるベッドは病院に置いてありそうなキャスター付きのもので、真っ白だった。そのほかに家具はほとんどなくて、しいて言えばカフェにある高めの椅子くらいの台と、ベッドカバーが入ったカゴが適当に置いてあるだけだった。

自分の部屋でしていると謳《うた》っているリアルタイムの動画配信は、私と久美と萌、全員この部屋から行っていた。

この動画配信は、前のマネージャーと入れ替わりで来た田島さんが提案したものだった。

「今のアイドルに配信はマストだから」

配信を始めるという話を私たちにするとき、田島さんは静かに断言した。ほかのアイドルがやっていることを抜きにしてメジャーデビューを目指すのは、かえって遠回りだとも言われた。

配信の手段はいろいろとあったけど、InstagramとかTikTok《ティックトック》だと素人感《しろうとかん》があるし、YouTubeは編集の手間がかかるから、主にアイドルが動画配信をするサービスである「配信チャンネル」を使うことになった。

そのころ、アイドルへのストーカーや自宅特定が問題になっていたけど、田島さんは当たり前のようにその解決方法も示した。自分の部屋でやらないで、配信用の部屋を用意すればいいと。

三人別々の部屋だとあまりにお金がかかる、と事務所に反対されて、田島さんはこの不思議な部屋を作った。別々の柄のカーテンと別々の柄のベッドカバーがあれば、部屋は一つで十分だから、って。曜日を固定すればセットを切り替えるだけだからと言われて事務所がこの部屋を借りた。撮影するためのスマホを置く場所は、勉強机と同じ高さの、脚立みたいな台を用意することで解決した。

「柚莉愛ちゃん終わったよー。ベッド寝っ転がってて大丈夫！」

名前も知らないスタッフの人にそう言われ、私は愛想よく返事をしてベッドに座ってた。私のカーテンだけは後ろに本物の窓があるから、待ち時間はよくそれをめくって窓の外を見ていた。今日は絶対にめくっちゃダメって台本に書いてあったから、ポケットから鏡を出して、自分の顔を確認した。

とびきりかわいいとかじゃないけど、こんなもんでしょって感じだった。

鏡をしまい、マッサージをするように数回頰をさすってからもう一度部屋を見渡した。この部屋、時計が置いてないから今何時なのかわからない。スマホで確認すると、八時四十六分だった。配信は九時からだから、あと十分はある。

目の前の台ではさっきのスタッフが配信用のスマホを一生懸命セットしていて、それをじろじろと見るのはマナー違反のような気がしたから、私は視線を上にあげて久美と萌のカーテンを交互に見た。

萌のカーテンはピンクのチェック柄で、それはあの子のぶりっ子キャラによく合っている気がした。久美のカーテンはモノトーンでクールな感じで、それも久美のサバサバした感じによく似合う。振り返って自分のカーテンを見ると、生成りのレースが見えた。色も柄もあってないような特徴のないものだし、センターの私がこんな風だからこのグループはうまくいかないのかな、なんてぼんやり思った。まぁこのカーテンは田島さんが買ってきたやつだから、私のせいじゃない。

でも田島さんがピンクのチェック柄のカーテンを買うところを想像したら、なんか面白くなって、薄いピンクのベッドカバーをゆっくりと撫でた。これも田島さんが買ってきたやつだった。久美のはデニムっぽい灰色、萌のは赤と白のドット柄で、田島さんはそういうところもよくわかっている。

「青山さん、やれそう？」

顔を上げると田島さんがドアの外からこちらを見ていた。さっきされたのとまったく同じ質問だ。なんて返せばいいんだろう。

「頑張ります！」

「お、柚莉愛ちゃんらしいねえ」

さっきのスタッフの人がそう言って笑った。田島さんは私の発言に何か言ってくれるわけではなく、いつも通り表情がほとんどない顔をして部屋のクローゼットにのそのそと入っていく。これは生放送だから、何か問題が起きたときに指示を出す人が部屋のクローゼットに入ることになっていた。田島さんが直接来ることはほとんどなかつたから、今日はいつもと違う。

「本番五分前でーす」

誰かの声が響いた。普段はここまでしっかり時間を管理していない。やっぱり今日は特別だってことだ。

「あんまり緊張しないようにね」

田島さんが私と同じぺらぺらの台本を手に持ちながらそう言った。狭そうなクローゼットで胡坐《あぐら》をかいていて、伏し目がちな目は心なしかキラキラしていた。そういえば、田島さんって彼女いるのかな。今度聞いてみよう。楽屋での話題にもなるし。

「はい」

私は返事をして、台本を枕の下に隠した。これもいつものルールだった。画面から見えなければいいだけだからどこに隠してもいいことになっていた。でも普段と同じ動作をすると、少し落ち着く。台本の全部は覚えられなかったけど、それとは別にスマホが置かれた台の上に段取りが書かれているから大丈夫。こういうところも抜かりがないのが、さすが田島さんって感じ。

「こんにちはー。つながってますかぁ？」

私の間抜けな声で始まる、いつも通りの放送。置かれたスマホの向こう側でスタッフの人が音を立てないようにじっとしているのが、かくれんぼみたいでおかしい。

「つながったっぽい。うん」

こうやってわざと独り言っぽく呟くと、ファンの人が喜ぶのがわかる。投稿される文字はすぐに目の前のスマホに表示されるから、私はリアルタイムでファンの人の要望に応えたり、質問に回答したりできる。

「えっと今日は、前から言ってたんですけど、Twitter で集めた質問に答える、的なことをやろうと思っていて」

【柚莉愛ちゃん今日もオツカレ！】

【ライブ見に行ったよ〜】

【ギリ配信間に合った】

『ライブ来てくれたひとに感謝して』

「あっ今日のライブ来てくれたんですかぁ？　ありがとうございまーす」

ライブ来てくれた人に感謝しろってカンペが出ていた。実際、私ひとりでこのコメント全部を判別して答えるのは無理だから、この方式はすごく楽。

「えっと、それで何の話をしようとしたんだっけ」へらへらしながらそう言うと、画面の文字の流れが速くなった。

【ちょ、柚莉愛ちゃん天然すぎ笑】

【天然はエースの素質あるって言うから、柚莉愛ちゃんはそのままが良いと思うよ！】

【仕事終わりの配信。少しおバカな柚莉愛ちゃん。癒《いや》しでしかない】

「そうそう、Twitterの質問にね、答えようとしていたんだよ。いや忘れたとかじゃないからね！」

ふとカメラの後ろにいる数人の大人を見ると、さっき私を名前で呼んでいたスタッフの口角が上がっているのがわかった。私を見ると笑顔になるって言われるのは嬉しいけど、みんながみんなこんな笑顔だったらちょっと嫌かも。って、そんなのただのわがままだよね。

クローゼットに収納されたように座る田島さんの顔を視界に入れたら絶対に笑っちゃうと思ったから、そっちを見ることはできなかった。

「事前にね、質問を募集したじゃん？　そしたら、えーっとね。ちょっと待ってぇ」

【いくらでも待～つ～わ】

【ちゃんと準備くらいしろよ、毎月課金してんだから】

【おいやめろよ、柚莉愛ちゃんだって頑……】

カメラに映らないように気を付けながらミュートボタンを押すと、発言が一つも流れてこなくなった。快適。やっぱり私をよく思わない人の声が即時に入ってくるの、すごくつらい。

台の上に置かれた段取りをチラ見して、私は用意されていたスケッチブックを取り出した。ここに質問が書かれている。私が書いたみたいに見えるけど、これは女の子っぽい文字を書くスタッフのものだ。結構ムキムキの男の人で、趣味は筋トレって言ってた。でも私よりも女の子らしい文字を書けるから、ファンの人が思う私の文字は、大体この人のものだ。

私は一枚目をめくってカメラに向けながら言った。

「じゃあ、一つ目の質問から行きますね。質問一、最近ハマってることは何？　これ難しいなぁー」


『とりあえず枝豆トークして』

悩んでいるふりをしていると、スタッフの指示が見えた。

「とりあえず、私は枝豆が好き。っていうのはみんな知ってるもんね。それ以外ってことでしょー？　なんだろー、うーん」

私は顎《あご》に人差し指を当てて、いかにも悩んでいる、という表情をした。一度、配信で半目をむいたタイミングでスクショを撮られたことがあった。それを初めて見たときは、もう撮られたくなくて変に意識しちゃったけど、今となってはそれを見ても何とも思わない。むしろ撮れば？　ってくらいの気持ちでいる。というか、そう思わないと仕事なんて一つもできない。

「あ、わかった！　明太子！　今、明太子にハマってます。お母さんがこの前買ってきてくれたのがすっごくおいしくて、最近ずーっと食べてる」

うんうんって自分で自分に頷《うなず》きながら、紙を一枚めくる。明太子は小学生のとき好きだった。それだけ。最近食べてるわけじゃない。

「じゃあ次、二問目ね。えー！　理想のクリスマスの過ごし方？」

私はその文字を見てあからさまにテンションが上がったように振る舞った。こんな質問をして何が楽しいのかわからないけど、こういうときの答え方のコツは、だんだんとつかめてきた。

「クリスマスはやっぱり、二人で遊園地に行ってイルミネーションとか見て、そのあと水族館も行きたい。あと動物園も。ってこんなに詰め込んで一日で足りるのかなぁ？　まあ理想の、だもんね。私の理想は、こんな感じです。ご飯は何か、帰りにコンビニの肉まんを半分こできたら十分幸せかも……ってこれで大丈夫なのかな？」

こういう質問に答えるためのポイントは二つあって、一つは男慣れしてない感じを出すこと、二つ目はお金がかからなそうなこと。だからここで夜ご飯とかプレゼントについて触れちゃいけない。経験値と金銭感覚が出ちゃうから。五万以下のネックレスなんてプレゼントじゃない、とか言うアイドル嫌でしょ。高嶺《たかね》の花的な存在の由香ちゃんだって、そんなことは絶対に言わないはずだ。


『彼氏いないって明言して』


「ま、彼氏いないんですけど」

私はカンペを見ながら呟くように言って、ふふっとひとりで笑った。絞り出したような乾いた笑い声が、嘘だらけの部屋に響き渡ってしまった。早く放送が終わらないかな。三十分の枠って聞いたとき、最初は短いと思ったけど、ひとりでしゃべり続けるのって案外しんどい。

「じゃあ次の質問行くね。三問目！　なんとこれがラストです！」早すぎだよね、と肩をすくめて笑うと、私は紙を一枚めくった。

「次はねー。ってあれ？」

私はスマホのカメラをのぞき込んだ。配信で画面がおかしくなったらこうするとかわいく映るって萌が教えてくれた。

「なんか画面が映ってないっぽい？　音入ってるのかな」

そう言って発言を再表示した。

【画面が止まったまま音だけ聞こえる笑】

【いくら払ってると思ってるんだよちゃんとやれ】

【ラジオだと思えばいいから、気にしないで！笑笑笑笑】

【んー画面動かないや】

「んー。トラブルですかね。ごめんなさい」

私はそう言って画面から外れて田島さんのところに行った。その間にスタッフがトラブルを直してくれたから、すぐに元通りになった。私はもう一度ベッドに座ってカメラをのぞき込んだ。

【あ、見えるようになった】

【復活～～】

【結局3個目の質問って何だったの???】

「じゃあ質問の続き行きますね。最後の質問は、私にとっての宝物！」

機材トラブルのことがあってから、少し気分が悪かった。だけどそれは配信には関係ないことだったから、なんとか話を進めなくてはいけない。

「私にとっての宝物は、やっぱりメンバーとファンのみなさんです！……って、ちょっといい子ぶりすぎちゃったかな」でも本当なんだよね、と小さい声で付け足すと、画面の文字の流れる速さがすごく上がって、私ひとりでは見きれなくなった。

『メンバーについてエピソード話して』

珍しく田島さんがカンペを出した。目線は私じゃなくてパソコンに向けられていたけど、そこにも私が映っているはずだから、カメラを見れば田島さんを見ることになる。

「この前ね、三人でラーメン屋さん行ったんですよ、ライブ終わりに。久美がとんこつラーメン大好きで、おすすめのお店に連れてってもらったの。私と萌はあまりたくさん食べれるタイプじゃないから、チャーシュー丼を注文したの、ミニサイズで。ラーメンは久美に少しだけ分けてもらった。ラーメンは超おいしかったし、二人といろいろ話せて楽しかったなぁ」

【どこのラーメン屋？】

【ラーメン好きの女のコ最高。俺のおすすめも今度教えてあげたい！ｗｗｗ】

【アイドルなのにラーメン食べるとか言っちゃうんだ……笑】

たまには画面の中の発言を見て笑わなくてはいけなかった。私はカメラから少し目をそらして、文字を読むふりをしてから笑みを浮かべた。実際は、自分の後ろにある壁を映像で見ているだけだった。

口を大きく開けて笑うと口の中が映ってしまうから、カメラの前では口を手で覆って笑わなくてはいけなかった。

『あと五分』

終わりの時間を告げるカンペが出される。五分ちょうどで話を終わらせるのって、案外難しい。

「えーっとみなさん、もうすぐ終了ってことで、そろそろ締め？　に入っていこうかなと思うんですが……。来週も同じように配信をする予定で、月曜は久美、水曜は萌、そして金曜が私なので、時間があれば見てほしいなぁ。あと、ハートたくさん押してくれるとうれしいです！」

ハートっていうのはツイートにつくいいね、みたいなもので、一日十個までは無料で押すことができるけど、それより多く押したい場合は課金しないといけない。ハート数が多いと配信チャンネルの偉い人に見てもらえる機会が増えるし、ちょっとした収入になるらしい。私も久美の配信を見ながらハートを送ったことがあるけど、結構真剣に連打しないとたくさん送ることはできないから、送りまくっている人は私の配信を見ていないんじゃないか、って気もしてくる。

【今日もたくさんハートしたのに一位になれなかった泣】

【毎回思うけど上位のやつヤバすぎ】

【ハートは量より質でしょｗｗｗ】

「それでは最後に、今日一番ハートをたくさん送ってくれた人の名前を発表しまーす！」

毎回、送ったハートの数が一位の人の名前は読み上げることになっている。手元の端末を確認して、私は名前を読み上げた。

「今日の一番は、ストロングミリオン、さんです！　千五百十三ハート送ってくれたよ〜。すごい、ありがと〜！」

名前を読み上げるために少し前かがみになって画面をのぞき込んだら、気持ち悪さの限界が来た。私はそれを必死で我慢して体勢を元に戻して話を続けた。

「今週も一瞬で終わっちゃった。もっとみんなとお話ししたかったよー」

右奥歯で、表面に張られた膜がプチン、と小さな音を立てて壊れるのを感じた。ドロッとした液体が、口の中に流れてくる。

「それじゃあ、また来……」

しゅう、って言い終わる前に、私は口の中にあるものをカメラの少し上めがけて吐き出して、そのすぐ後にベッドに倒れ込んだ。

4. @TOKUMEI

終わったばかりの配信の最後の一分を、僕は繰り返し見ていた。柚莉愛が血のようなものを吐いてから倒れて、そのあとに四枚の黒い画用紙に書かれた白い文字が、画面の前に示された。

「柚莉愛を見つけてね♡」

「制限時間は今から二十四時間♡」

「みんなのこと、信じてるよ♡♡」

「#柚莉愛とかくれんぼ」

この文字は柚莉愛が書いたものなのかとか、この画用紙を持つ手は誰のものなのかは、映像を見るだけではわからないようになっている。確かなのは柚莉愛が血を吐いて倒れたこと、それだけだった。

僕はスマホを机の上に置き、パソコンを開いた。こっちのほうが映像をコマ送りで細かく見れる。配信チャンネルのアプリを開くと、柚莉愛の配信映像がトップに表示された。僕はそれをクリックしてもう一度最後の一分を見返した。何度見ても、柚莉愛が倒れてフレームアウトする。

柚莉愛の口から出たものは吐瀉物《としやぶつ》というよりは血に近かった。あんなに赤いゲロがあったら、それはもうほとんど血だ。

「どうなるんだろうな。アイドルが血を吐くなんて」

そう言うとげっぷが出た。今日の夕ご飯も白滝入りのご飯だった。あれは食感がご飯より柔らかいから食べた気がしなくて、つい食べ過ぎてしまう。

柚莉愛が血を吐く姿をネットに晒《さら》したことは、アイドルの在り方を変える大きな出来事になりそうだと思った。アイドルに夢を見る時代は終わったのだと、柚莉愛が言っているようだった。

柚莉愛を見つけてね、と言われても現在地がわからない以上、誰も見つけられないはずだ。かくれんぼってどういう意味なんだろう。僕も話は聞いていたつもりだったが、聞き逃した部分があるのかもしれなかった。

もう一度映像を見れば何かわかるかも、と思って最初から流してみても、血を吐く原因は見つからなかった。僕はため息をついて、とりあえずすべてのシーンをスクショすることにした。この作業は結構時間がかかるけど、珍しい写真を手に入れることもできたから毎回やることにしていた。

そういえば昔、「青山柚莉愛の半目」っていうアカウントがあったな。何を呟くでもなく毎日決まった時間に、半目になった柚莉愛の写真を投稿するアカウント。フォロワーが増えていくのと同時にそのアカウントに写真が集まるようになって、その写真を管理しきれないとか言ってアカウントを消していた。僕が引き継いであげればよかったと、今では思う。

柚莉愛が隠れているということは、見つける僕たちが鬼ってことか。面白い。柚莉愛と僕らのかくれんぼだ。

このかくれんぼのルールは二つ。一つは柚莉愛を見つけること。二つ目は、制限時間があれから二十四時間だってこと。九時から配信が始まったから、柚莉愛が倒れたのは大体九時半だ。それから二十四時間……。

「明日の夜九時半に、何かがわかる」

これはTwitterで呟いちゃったらアウトだろうから、僕は自分の部屋で言うだけに留めた。

Print《プリント》 Screen《スクリーン》キーを押して、それをGIMP《ギンプ》に貼り付ける。こうするとスマホよりも画質のいいスクショが撮れるということを最近知った。どうせ同じキーしか使わないんだから、ロボットがやってくれればいいのに、と思ったけど、指にキーが触れる感触は割と好きだったから、これはこれでいい気がした。

「とりあえず最後の一分のはできたかな」

僕はモンスターエナジーを飲みながら言った。パソコンの作業をするとき、これがあるのとないのとでは効率が全然違う。

貼り付けが終わった画像百枚ちょっとを一枚一枚トリミングしていく。これが一番面倒な作業で、誰かに代わってもらいたいところ。でも母さんにこんなこと頼んだらキレるだろうし、ロボットを自分で作れるわけじゃないし、いつも自分でやることになる。

偉くなりたいなぁ。

母さんに皿洗えって言われたり、こんなつまらない作業をしたりせずに済むような、偉い人に。こんなことで僕の手を煩わせるの、絶対におかしいでしょ。

舌打ち交じりのため息を三十回くらいついている間に、トリミングは終わった。この写真を一枚ずつ確認したら、なにかネタになるものがあるかもしれない。

そう思っていろいろと見たけど、柚莉愛がいつもよりブサイクに写っている以外は、変わったところはなかった。

「やっぱダメか……」

そう言いながら最後の写真を睨《にら》むように見ると、僕はあることに気が付いた。

早速それを投稿しようとパソコンでTwitterを開くと、混乱するファンで溢《あふ》れかえっていた。えだまめ、というアカウントが僕の知る中でいつも熱心に配信の感想を述べていたのでその人を探した。

あったあった。今日も彼女たちが話題になっていることを演出したいのか、丁寧にもすべてのツイートにハッシュタグをつけていた。

【@えだまめ：え　#となりのSiSTERs　#青山柚莉愛　#江藤久美　#南木萌　#配信チャンネル　#金曜配信】

【@えだまめ：何があったん　#となりのSiSTERs　#青山柚莉愛　#江藤久

美　#南木萌　#配信チャンネル　#金曜配信】
【@えだまめ：えっこれで放送終わり？　は？　#となりのSiSTERs　#青山柚莉愛　#江藤久美　#南木萌　#配信チャンネル　#金曜配信】
【@えだまめ：柚莉愛ちゃんが無事でいてくれればいいけど、血？　みたいなの見えた気がするんだが　#となりのSiSTERs　#青山柚莉愛　#江藤久美　#南木萌　#配信チャンネル　#金曜配信】
【@えだまめ：えっほんとにどういうこと？　#となりのSiSTERs　#青山柚莉愛　#江藤久美　#南木萌　#配信チャンネル　#金曜配信】
【@えだまめ：あと最後に表示された　#柚莉愛とかくれんぼ　ってやつは一体何なの　#となりのSiSTERs　#青山柚莉愛　#江藤久美　#南木萌　#配信チャンネル　#金曜配信】

五分前のこのツイート以来、彼は何も呟いていない。検索画面で「#柚莉愛とかくれんぼ」と検索したら、五件しかヒットしなかった。しかもどれもリツイートされていない。

僕は自分のプロフィール画面を開きフォロワー数を確認した。三百二人。一ファンとしてのアカウントであることを考えると、十分な量に思えた。ツイート作成画面を開き、僕は先ほど見たツイートを参考にハッシュタグをふんだんに使ったツイートを作った。投稿する、と判断するのに時間はかからなかった。

【@TOKUMEI：どうして公式からハッシュタグが配られたのかわからないけど使わない手はないと思う。とにかく今は、柚莉愛ちゃんがどこにいるのかを全力で探そう。　#柚莉愛とかくれんぼ　#拡散希望　#となりのSiSTERs　#青山柚莉愛　#江藤久美　#南木萌】

投稿したものを確認すると、すぐに一ついいねが付いた。相互フォローの、よくリプライを飛ばすファンだった。僕はそれから「#柚莉愛とかくれんぼ」のついたツイートの内容を検索して確認した。

【@ブタは早くいなくなってくれ：死んでほしいなーとぼんやり思っていた人が血を吹くのを見ると、なんか爽快。まぁ俺、中学生のころ虐《いじ》めてきたやつの顔に無言でナイフ当ててビビらせたこともあったし、もともとそういう人間なのかも。ところで　#柚莉愛とかくれんぼ　って何？　一生隠れててほしいｗｗ】

【@柚莉愛にガチ恋する日々：最後のって血？　アイドルになったってだけでどうして柚莉愛がそんな辛い目に遭《あ》わなきゃいけないんだろう　#柚莉愛とかくれんぼ　ってタグも意味不明だし】

【@となりの☆俺：#柚莉愛とかくれんぼ　って公式のタグなん？　会社で配信見てたら最後の方落ちちゃってよくわからなかった】

【@本音：よくわからんタグ作って話題にしたいの見え見えでキモイ、本人だけでなく運営にもセンスがないからこのグループはずっと売れないんだよなぁ　#柚莉愛とかくれんぼ　ってなんだよ】

あと一つは先ほど見たばかりの「えだまめ」という人のツイートだった。柚莉愛は枝豆が好きだとよく言っているからこの名前にしたんだろうな。そんなことをしても、柚莉愛に好きになってもらえるわけじゃないのに。

「痛っ」

目にゴミが入った。反射的に右目をこすると、痛みは余計にひどくなった。僕の部屋に鏡はないから、あくびを何度かして涙で出すしかない。三回したところで顎が痛くなったし、ゴミは取れそうにないし、自然に涙が出てきそうだった。

家にいるとき、僕はネットでたくさんの人と会話をするけど、その人たちに触れることはできなくて、それがたまに寂しいと感じることがある。でも直接話すということは触られる可能性があるということで、それを考えたらこっちのほうがましだった。自分が触るのはいいけど、触られるのは嫌だ。

GIMPを開いて、僕は写真を編集することにした。生の写真は情報量が多いから話題になりにくい。できるだけわかりやすく、できるだけ大袈裟に。人に見てもらえるのは結局、テレビみたいに編集された情報だ。

スクショした写真の見せたいところをトリミングしたものを別の写真として保存し

た。それから、元の画像のどこを拡大したのかを赤色の枠で示した。これで誰が見ても、僕の言いたいことをわかってくれるはずだ。

「完璧」

気づいたときには目のゴミはなくなっていて、人差し指を右頬に滑らすと、指にまつげがくっついた。ゴミじゃなくてまつげだったのか。どんな毛も、抜けた瞬間にゴミになる。僕は手を揺らしてそれを床に落とした。

出てしまった涙を拭《ふ》こうとティッシュを探すと、部屋の箱ティッシュが切れていたことを思い出した。ストックはトイレの棚に入っていたはずだ。ついでに水も飲もう。パソコンの時計は十時二十三分になっていた。画面を閉じ、部屋を出た。リビングでは母さんが寝転んでくだらないクイズ番組を見ている。こんなのばかり見るからバカになるんだよ。そう言ってあげるのは親切なのだろうか。

水を飲んでいると母さんは僕に気が付いて話しかけてきた。

「あんたまだお風呂入ってないでしょ。早く入りなさい」

「今日はいい」

「風邪？」

「いや、気分じゃないから」

「面倒くさいってこと？」

「僕がいつ風呂入るかは僕が決める」

「何言ってるの、汚いじゃない」母さんはついにテレビを消して立ち上がった。説教モードだ。

「明日の朝シャワー浴びるから」

僕は捕まる前にリビングを出てトイレに入った。母さんが僕のことを怒るたびに、暇な人だなと僕は思う。絶対に言わないけど。

尿意も便意もなかったからティッシュのストックだけ取り出した。廊下に母さんの気配がするかドアに耳を当てて確認してから箱ティッシュを片手にトイレを出た。やっぱり母さんは廊下にはいなくて、リビングからさっきのクイズ番組の音が聞こえてくる。僕にはあんなものを見ている暇はない。僕にしかできないことを、やらなくちゃいけない。

部屋に戻ってティッシュを開けると、拭こうと思っていた涙はすでに乾いていた。僕はティッシュを一枚だけ取り出した。涙が流れていたあたりを適当に拭くと、白い粉みたいなものがぽろぽろと剝がれた。

パソコンを開き、Twitterを見た。事務所や柚莉愛が何か言っていないかを確認し忘れていた。まあここ最近の運営のやる気がないところを見ると、おそらく何も言ってないだろう。

となりの☆SiSTERs公式アカウント、セルコエンターテインメント公式アカウント、柚莉愛のアカウントを調べたが、やはり誰も配信のことに触れていなかった。それどころか、配信が終了した九時半以降、となりの☆SiSTERsには一切触れていなかった。

「あからさますぎ」

ただの放送事故、で終わらせたくなかった。僕がこのお祭りのような出来事を盛り上げなければならない。あのクソみたいな事務所に、本気で仕事をさせるために。

自分のアカウントに行くと、さっきのツイートが十リツイートされていた。まだまだ足りないけど、悪くない滑り出しだ。一個リプが付いているという通知も来ていた。

【@柚莉愛ちゃん結婚してください‥いつもツイート覗かせてもらってます。配信の映像のショックとハッシュタグへの違和感で何も行動を起こせそうになかったのですが、確かに配布されているからには使った方がいいですよね。柚莉愛ちゃんもあ

れから何も言ってないし、何かできることがないか考えてみます！　#柚莉愛とかくれんぼ】

【@言いたいこと：FF外から失礼します。公式に配られたからと言ってその使用を促すのはあまりに安直なのでは？　映像の解析や本人のコメントもない状況で一ファンが適当なことを言って煽動《せんどう》することは、界隈《かいわい》の混乱にもつながるのは明らかに思えます】

僕は「言いたいこと」というアカウントをミュートした。こういうやつはブロックされるのが勝ちだと思っている節があるから。暇なやつだな。「柚莉愛ちゃん結婚してください」というアカウントは前から僕のツイートを見てくれていたから、それには「いいね」しておいた。

この事象で必要なのは、自分がただのファンに過ぎないということを正しく認識している人だけで、ファンのくせに運営視点で語るやつはいらない。確かに運営はクソだ。だけど僕らは運営ではない。勘違いした面倒なファンは、こういうときには邪魔でしかない。

ミュートしてすぐ、「言いたいこと」のアカウントを覗きに行った。ツイートをさかのぼると、ただのアイドルオタクだった。男なのか女なのかはよくわからない。論理的な文章っぽく見せるために努力しているのが文章からにじみ出ていて、どっちの性別だとしても嫌われそうな人だな、と思った。

自分のプロフィール画面に戻ると、リツイート数は十四に増えていた。こういうのはある時を境に急増したりするから、気長に待つことにした。

さっき作った写真をパソコンに保存して、僕は次のツイートを作ることにした。

【@TOKUMEI：さっきの配信、29分23秒に出てくる手、柚莉愛のじゃないと思うんだよなぁ】

下書きを見て僕は大切なことに気が付いた。柚莉愛の手に関する情報が必要だ。さっきの配信の最後、柚莉愛が倒れた後で「柚莉愛を見つけてね♡」とか「#柚莉愛とかくれんぼ」とかの文字が画用紙に書かれて画面に出てきた。紙をカメラに映している以上、画面には少しだけそれを持つ手が映る。大量のスクリーンショットを見て、僕はそれが柚莉愛の手ではないことを発見した。肌の色が黒く、ゴツゴツしている。おそらく男の手だ。

じゃあ誰の？　と言われるとそれに答えることはできないけど、少なくとも柚莉愛の手じゃないことは、気を付けて見れば誰にでもわかることだった。

さっき作った画像は、スクショに写った手の部分を拡大したものだ。改めて見ると、男の手にしか見えなかった。ただ、これを見せるだけではどうしてこれが柚莉愛の手ではないと言い切れるのか、という質問が飛んでくる可能性がある。

僕は配信チャンネルを開き、質問を表示するために柚莉愛が画用紙を持っているシーンを探した。配信開始から十四分七秒経ったときだった。僕はまたPrint Screenキーを押して、それを画像編集ソフトに直接入れた。さっきと同じようにトリミングと編集を終え、「約14分7秒後」と付け加えた。さっき作った男の手の写真にも「約29分23秒後」という文字を入れた。我ながら、ものすごく親切な説明だ。さっき作った下書きを削除し、新たにツイートを書き直した。

【@TOKUMEI：わかりづらい写真で申し訳ないけど、配信の最後に出てきた画用紙を持つ人の手、柚莉愛のではない気がする。写真一枚目が柚莉愛の手（今日配信のもの）で、二枚目が最後に出てきた手。思い過ごしかもしれないから、詳しい

解析できる人いたら頼みます。　#柚莉愛とかくれんぼ】

上出来だ。最初にわかりづらいと言うと、上から目線で発言したい人がたくさん寄ってくる。それに一枚目、二枚目の写真が何を表しているのかをツイートにも示して、写真にも書いた。これでどっちかしか見ないくせに「意味がわからない」とか言ってくるやつにも反論できる。文字数に余裕があるから、あと一つくらいハッシュタグを追加しておこう。

【@TOKUMEI：わかりづらい写真で申し訳ないけど、配信の最後に出てきた画用紙を持つ人の手、柚莉愛のではない気がする。写真一枚目が柚莉愛の手（今日配信のもの）で、二枚目が最後に出てきた手。思い過ごしかもしれないから、詳しい解析できる人いたら頼みます。　#柚莉愛とかくれんぼ　#となりのSiSTERs】

僕はツイートボタンを押した。自分で言うのも何だけど、運営にもこれくらいわかりやすいツイートを心掛けてほしい。運営がするのは事務的なツイートばっかりで、ファンには意味がちっともわからないのだ。

僕は一仕事終わったように、ベッドにもたれかかった。そのとき玄関のドアが音を立てた。父さんが帰ってきたようだった。

「ただいまー」

父さんの声は、遠くのほうで小さく響いた。ドアを閉めていると、家じゅうすべての音が遠くに聞こえる。この前テレビで成績が伸びる子はリビングで勉強するって言っていたな。母さんはそれを見て、僕の部屋に鍵をつけたのは失敗だったとかなんとか言っていた。

「あんたには賢い子に育ってほしかった」

母さんは僕を見て悲しそうに言った。僕が真面目に勉強すれば、こんなことにはならなかったのだろうか。でももともと僕が勉強嫌いになったのは学校が嫌いになったからで、学校が嫌いになったのは小学校でいじめられたからだった。別に激しいイジメってわけじゃないけど、もともと学校は何となく行きたくなかったから、学校嫌いが加速した。

「また部屋にこもっているのか、あいつは」

父さんの声は遠くでもよく聞こえる。社会に出て上手に偉くなれる人っていうのは、こういう響く声を持っているのかもしれない。あの人が自分の父親だとは思えない。向こうもそう思っているはずだ。

僕はベッドに上がってブリッジをした。背筋《せすじ》が伸びて気持ちいい。きっと今夜はTwitterに張り付くことになるから、首とかをこまめにほぐしておかないと。

「さ、戻りますか」

こんな言い方をすると、自分が何かものすごい大仕事をやろうとしている気がする。自分のツイートがどれだけリツイートされるのかを想像すると、にやにやしてしまう。

立ち上がって机の前に戻り、僕はまたTwitterを開いた。自分のツイートを見ると、ハッシュタグについてのツイートは二十リツイート、男の手についてのツイートは十分前にしたばかりなのに十六リツイート。リプは四個ついていて、手間ひまかけた甲斐《かい》があった。いい感じだ。リプを見ようとしてツイートを選択すると、二つしか表示されなかった。あとは非公開アカウントか？　まあ、別になんでもいいか。

そういえば――。僕のアカウント、鍵アカだったたっけ。プロフィール画面で鍵マークがついていない、公開アカウントだったことを確認した。柚莉愛に見てもらうためのアカウントなのだから、よく考えれば当たり前だ。

元の画面に戻ってリプを読んだ。

【@ブタは早くいなくなってくれ：どっちも本人の手のような気がしますけどねｗｗ二枚目の方が節も太いけど、元々でしょ（笑）】

【@柚莉愛ちゃん結婚してください：こんな細かいところに気が付かれるなんてさすがです。自分も何か見つけられるか探してみます。もしかしてこのかくれんぼって、そうやって証拠を集めたら柚莉愛ちゃんが倒れた理由が分かるってことなんですかね？　#柚莉愛とかくれんぼ】

一つ目はまた冷やかしだ。ミュートミュート。でも二つ目のリプライの考え方は面白かった。僕は「そうかもしれません。引き続き調査していきます」と返信し、その人のツイートに「いいね」をつけた。「#柚莉愛とかくれんぼ」と検索をかけると、先ほどは五件しかなかったツイートが、十倍以上に増えていた。

【@えだまめ：公式のアナウンスが一つもないっていうのが怖い。真面目に柚莉愛ちゃんを探そうと思います。部屋の壁から住所割れないかな　#柚莉愛とかくれんぼ　#となりのSiSTERs　#青山柚莉愛　#江藤久美　#南木萌】

【@柚莉愛ちゃん結婚してください：このタグ、もしかしたら使うことで柚莉愛ちゃんの居場所を探す情報を共有することができるんじゃないですかね。何がどうなっているのかよくわからないけど、とにかく協力する方がいいのでは？　#柚莉愛とかくれんぼ】

大したツイートがないことに落胆していると、一つの写真付きツイートが目に留まった。僕は勢いよくそれをクリックし、呟いた主をフォローした。

【@となりの☆俺：自宅で映像確認してたら、窓に文字が……。頭文字はHってどういうこと？　見つけた時マジで震えた】

添付されていたのは柚莉愛が一つ目の質問の紙を持っているときのスクショで、右にある写真を見ると、その後ろに映る窓に白いインクで「頭文字はH」と書かれていた。

配信チャンネルを開いてもう一度映像を確認した。いつもは二万もいかない見逃し配信の再生数が、今日は十万回になっていた。こんなに再生されたことは、今までなかった気がする。

ツイートに貼られた画像を頼りに僕は一枚目の質問に柚莉愛が答えている場面を再生した。カーテンの左下を凝視するのは初めてのことで、それがあまりに動かないから目にいつもと違う負担がかかっているのを感じた。

再生し始めて一分くらいたったところでカーテンが一瞬だけ捲《めく》れて後ろの窓が見えた。

「本当だ」

カーテンの後ろにある窓を初めて見たので、僕は思わず声を出してしまった。再生モードを全画面に切り替えると、僕は細かくクリックして後ろの文字が見えるようなタイミングを探し、ツイートにあったのと同じような画面になったところでまた、Print Screen キーを押して編集ソフトにかけた。

元の画像の状態では、後ろに文字があることは確認できなかった。明度や彩度やコントラスト、ほかにもたくさんある今までに使ったことのなかった調整機能を、文字が見えるかどうかだけに集中して使った。

元のツイートよりもわかりやすい写真が作れたころには、柚莉愛の顔は編集のせいで変な色になっていて、僕はそれを黒いペンで塗りつぶした。

Twitterに戻って新たなツイートを作成することにした。さっきの人の提供した情報は価値が高いが、それが誰にも伝わっていなかったら、運営の宣伝と同じで何の意味もない。

そのツイートをリツイートしてから、僕はツイート作成の画面を立ち上げ、写真を二枚添付した。一枚目はスクショしただけの元の画像、二枚目は一枚目に写っている窓の部分のみを拡大して字が見やすいように加工したものだ。

【@TOKUMEI∵>RT となりの☆俺さんが言っていたのを見てスクショした画像を編集してみた。確かに頭文字はH、ってはっきり書かれてる。犯人ってこと？　#柚莉愛とかくれんぼ】

僕はツイートボタンを押して反応を待った。犯人って言葉が、今後の流れを作りそうだった。すぐに元のツイート主からリプライが飛んできた。

【@となりの☆俺：わざわざ名前を出していただき恐縮です。やっぱり見えますよね？　なんで倒れたかもわからないしハッシュタグの意味も分からないし謎が多すぎますね】

僕はそれに対して「いいね」だけをして特に返信はしなかった。お前なんかに構ってる暇、ないんだよねの意思表明。なんだよ、となりの☆俺って。スベっているにもほどがある。

例のハッシュタグで検索すると、ツイート数はどんどん増えていて、配信を見てなかったファンも合流し始めていた。

【@となりのSiSTERsを守りたい：なんか青山柚莉愛が倒れて男が画用紙に謎のハッシュタグをだしたっぽい？　そんな中途半端なやつじゃなくて芸能界引退、とかで全然いいんだよ。まあ話題にもならないだろうけど。　#柚莉愛とかくれんぼ　#とは】

の。評論家気取りのアンチっているんだよな。僕くらい影響力を持ってから言えって
の。そのツイートは二十三リツイートされていて、別のアンチに称賛されていた。ア
ンチ界にも上下があるらしい。僕はアドバイザーだからアンチじゃないし、僕には上
も下もいない。

自分のツイートを確認すると百リツイートを超えていた。僕のフォロワーじゃない
人もリツイートしている。少し、話題になっているということだ。

気づくとパソコンの時計は十二時五分を指していて、僕は検索画面を開いてこの夕
グがトレンド入りしているかどうかだけ調べた。一位は人気番組の「#金曜も夜更《よふ》か
し」だった。まあ当然と言えば当然だった。ここまでの上位は最初から期待していな
い。もっと下を見ると、十位を下回ったあたりから見たことのない言葉が増え始め
て、二十位のところに「#柚莉愛とかくれんぼ」があった。

「……すごい」

となりの☆SiSTERsがここに食い込んだことなんて一度もなかったから、僕
は妙に感動してしまった。その隣には「1174件のツイート」と書いてあった。全
然大したことではないけど、僕がこの話題の一部になっているということが、少し誇
らしい。

　そのあとも検索を続けたが、結局男の手が映っていたことと窓に文字が書いてあったこと以外には大した収穫はなかった。一方ツイートの数は増え続け、最後にトレンドを見たときには深夜一時だったのもあり十四位にまで順位が上がっていた。CDが三千枚くらい売れるアイドルなのだからあり得ないことではないけれど、僕はその画面を見て、となりの☆ＳｉＳＴＥＲｓが自分とは遠く離れたところにある、作られた存在に思えた。

　寝る前のトイレが、僕の一日の中で一番安心できる時間だった。誰も入ってくることのない個室。アイドルであれファンであれ、トイレの個室ではひとりきりだというのは、僕たちの数少ない共通点だった。

　冬が近づいてきたからなのか、手を洗うときの水を嫌な意味で冷たいと思うことが増えた。毎年こんなもんだから別に構わないけれど、季節に合わせていい温度に変えることはできないんだろうか。

　僕の部屋もこれくらい小さい個室が三個、とかがいいな。そう思ってトイレを見回していると、白い壁に尿のはねた跡を見つけて僕は顔をしかめた。こんなの、僕は拭きたくない。

廊下を通って部屋に戻ろうとすると、リビングから父さんと母さんの笑い声が聞こえてきた。テレビの音も聞こえてくる。二人でいるのに、彼らはずっとテレビを見ている。お互い、相手のことよりはテレビに興味があるってことなのかもしれない。すりガラスの向こうで母さんがこっちを向くのが見えて、僕は焦って自分の部屋に戻った。ドアを開けるタイミングで母さんが明日の予定を大声で聞いてきた。僕はそのまま部屋に入って「昼ご飯はいらない。夕飯はいる」と母さんにLINEを送った。それは既読無視されて、すぐ後に僕の部屋の前まで足音が近づいてきた。

「あんたさ、人と関わりたくないのか何なのか知らないけどね、ひとりの家族としての振る舞いをちゃんとしなさいよ」

僕は何も言えなかった。彼女の言うことを意訳すると、家の中でもなにかキャラを演じろってことだ。家族でさえも、そのままの僕のことを受け止めてくれない。

「ちょっと、聞いてんの？」ちょっとお父さんも何とか言ってやってよ、と母さんの声がさっきとは別の方向に向けられているのが聞こえる。すぐ後ろにのそのそと控えめな足音が聞こえてきて、それは僕の部屋の前で止まった。ベッドの中でうずくまっている僕は、この二人を失望させているのかもしれない。

「まあ、たまにはみんなで話そうな、うん」

「え、それだけ？」母さんがそう言ったときには父さんの足音はリビングに向かっていったのがわかり、僕は少し嬉しくなった。でもすぐ後に、さっきと同じように父さんの笑い声が聞こえてきて一気に心がしぼんだ。

「ごめん」僕は布団から顔を出して、ベッドの中から謝罪した。

「……わかったならいいけど」

母さんの不服そうな声が聞こえてくる。このあとはたぶん、父さんが説教されるはずだ。

僕はようやく寝る前の安息を手に入れた。充電しておいたスマホを取り出すと、いつものように検索した。


【ニヤニヤ動画】


ニコニコ動画を明らかにもじったこのサイトは、もう会うことなんてめったにない、中学の同級生に教えてもらったものだ。

僕には食欲や睡眠欲はあるけど、性欲は強いほうではなかった。いや、ないと言ったほうが正しいのかもしれない。

たまに、こうやってAVを見ることがある。それは性欲解消のためというよりはむしろ、娯楽が目的だった。特に好きなのは日常生活で致しているもので、それはありあまるストレスを解消するのにぴったりだった。僕の人生は解消するべきストレスが多すぎて、性欲が湧く暇がないのかもしれない。ストレス社会だと言われだしたころに少子高齢化も話題になりだした気もするし、この仮説はあながち間違ってはいないと思う。

「何見ようかな」

AV用にわざわざ買ったヘッドホンをつけてどの動画を見るか悩むこの時間は、とても贅沢なものだった。女優は大方《おおかた》かわいいし、男優は顔を出さないし。見たいものだけを見たい、そんなわがままを叶えてくれる時間。

ものすごく普通の作品を見たくなって「図書館」と検索した。僕が最初に見たのも図書館モノだった。小学生のとき、友達と遊ぶと嘘をついて図書館にばかり行っていたから、深層心理的に刺さるのだ。

たつ、っていうのがどういう感覚なのか、僕はいまだにわからない。これは生まれたときから決まっていたことみたいだから、わからないのは仕方のないことだけど。

図書館でゆっくり本を選ぶ女優は隙《すき》だらけで、財布をスられても気が付かなそうだった。演技がうまい人とへたな人はこの世界にもちゃんといて、その評価基準は芸能界とは違う気がした。

ＡＶ女優とは言うのに、ＡＶ俳優と言わないのはどうしてなんだろう。

そんなことの答えを知っても、僕に何の変化ももたらさないから、僕はそれについて調べたりはしない。なんでなんだろうな、と思ったまま画面を眺めるだけだ。こういう作品を見ていると、僕たちが日々頑張って保っている日常は、こんなにも簡単に壊されるのだ、という感じがして、なぜか元気になる。空気なんて読まなくていいんだよ、ってメッセージを、僕は勝手に受け取ってしまう。そんなことを感じるためにこんなにまどろっこしい方法をとるのはおかしいとは思うけど、僕が一番勇気をもらえるのは、こういう動画を見ているときだった。

途中でWi-Fi《ワイファイ》が切れたという通知が入ったので一度再生を中断した。萎えた。

「もういいや」

寝る前にタグの様子を見ておこうと思ってTwitterを開いた。状況は、さっきから何も変わっていなかった。

【@えだまめ：みんな男の手くらい、とか言ってるけど部屋に男がいるというのは俺としては許すことができないんだが。これが普通じゃないん?? #柚莉愛とかくれんぼ】

この人関西弁《かんさいべん》だったっけ。まあいいか。

僕はTwitterを閉じてベッドにもぐりこんだ。灰色のつまらないベッドカバー。母さんが買ってきたやつだ。ずっと使っていると愛着が湧いてきて、僕はこのどぶネズミと、どぶの間くらいのグレーが割と好きになっていた。そんなことを母さんに直接言うことなんてないけれど。

「おやすみなさい」

電気を消すのが面倒で布団を頭までかぶると、隙間から入ってきた部屋の蛍光灯の光が、僕の顔に当たってうっとうしかった。

第2章

5.

「ぶっちゃけ、柚莉愛がセンターってどう思う？」

萌がそう言ったとき、楽屋にいたのは久美と萌だけで、二人はそれぞれメイクをしていた。深夜バラエティにゲスト出演するくらいでは、専属スタイリストなんてつかない。一応与えられた楽屋で自前の衣装に着替えてお化粧をして、共演者へ軽く挨拶をしたらすぐ収録が始まる。

「どういうこと？」

久美は買ったばかりのファンデーションをいつもより厚く塗った。そのすぐ後にハイライターを取り出し、テレビの向こうに飛び出そうなくらいの艶《つや》を、百均の筆を使って入れた。

「だから、久美はセンターになりたいとか思ったことないわけ？」私はいつも思うけど、萌はそう言いながら、化粧水のスプレーを顔がびしょびしょになるまでかけている。

その問いかけに久美は答えない。代わりに唇を突き出してリップクリームを分厚く塗った。

「ねえ久美ってば」

少し拗《す》ねたようにして、萌がメイクを中断して久美のほうを見る。久美はその視線を鏡の中でかわして、塗ったばかりのリップクリームにティッシュを当てて眉毛《まゆげ》を描く作業に移った。

「なんで無視するの？　もえ怒っちゃうぞー」

萌はそう言ってフェイスパウダーをはたき始めた。メイクの一連の流れで唯一、顔がすっぴんのときよりも地味になる瞬間だ。無心で肌色の粉を顔じゅうに塗っている萌を、久美が嫌そうな顔をして見つめる。

「粉飛んでくる」とげとげしい口調とは裏腹に、その顔は笑っている。それを見て安心したのか、萌はさっきと同じ質問を投げかけた。

「ね、柚莉愛がセンターってどう思う？」

アイライナーをマイクのように突き付けられた久美は、大人びた笑みを浮かべた。その表情はどう見ても質問に対する回答を拒むものだったけど、萌はそんなことはお構いなしに、細いマイクを久美に向け続けた。

「それ、本当に答えなきゃいけないの？」

久美は軽くチークを塗りながら苦笑いを浮かべた。コーラルピンク。気合の入る仕事があるとき、久美の頰はいつもこの色だ。

「答えようよぉ。別に悪口ってわけじゃないじゃん。ちょっとしたインタビュー的な感じでさぁ」

自分で言っておいて気に入ったのか、萌は姿勢を正すとインタビューのものまねを始めた。

「この度《たび》はシングルの発売おめでとうございますぅ。みなさんお忙しいと思うので、取材はできるだけ手短に終わらせますね」

久美はそれに対して何か言うわけではなく、鏡を見ながらアイラインを引いていた。その口の端はわずかに上がっていて、萌はそのものまねを続けた。

「では早速取材に入らせていただきたいんですけどぉ。まあまず、あれですかね。今年の抱負ってお伺いしてもいいですか?」

「もう十一月ですよ?」

てかライン𝑖はみ出るから笑わせないで! 久美は軽く吹き出すように笑うとそう言った。

「そうですねぇ。今年の抱負っていうと、まあと一ヵ月ちょっとの話にはなってしまうんですけど……」

「あーなるほど、よくわかりました、ありがとうございますぅ」

「いや途中だから！」

久美はアイライナーをしまって口紅を取り出した。さっきのチークとよく似た色のやつだ。

「でもいることない？　こういう記者の人」萌はマイク代わりに持っていたアイライナーで自分も目のふちを黒くし始めた。

「まあいるけどね」

「じゃあ続いてなんですけど」萌がまた記者の人独特の、気取ったような口調に戻って久美に話しかける。

「まだやるの？　それ」

「やるやる。……えっとそうですね、これ直接お伺いするか迷ったんですよねぇ。不快な思いをさせてしまったら申し訳ないんですけどぉ」

「じゃあその質問カットで！」久美がマスカラを塗りながら言った。全工程で一番変顔っぽくなるのがこの、まつげのかさを増す作業。

「まってぇ、それひどくない？　何のためにもえこんなものまねしてるかわかってるう？」萌が不満げな顔でラインの端を丁寧に描いた。不満だから半目なのか、アイラインを引いているから半目なのかは、本人もよくわかっていないはずだ。

「じゃ、お聞きしますね。となりの☆SiSTERsのセンターは、今までずっと青山柚莉愛さんだったじゃないですかぁ」

「そうですねぇ」久美は茶化《ちゃか》すように萌の口調をまねてそう言った。

「茶化さないでくださぁい。三人組なのにそうやってセンターが固定だということに、不満って言ったらあれですけど、何か思うところってありますか？」

「それ、なんて答えても不満を持ってるみたいに書かれるパターンじゃん」

「ばれたぁ？」

「私にはなんでもお見通しだからね」

「さっすが久美。で、実際どう？」

「えー、やっぱ答えるの？」

何度も聞かれてうんざりしたのか、久美は腕組みをして数秒考えると、ついにその質問に答えることを決めたようだった。

「まぁこんなこと言ったら何にも考えてない人っぽいけど、事務所の人がそう決めたんだから、私たちはそれに従ってひたすら頑張るしかなくない？」

「おぉー。名言」萌は抑揚なくそう言って、くしゃみがでる二秒前みたいな顔をしながらマスカラを塗った。

「バカにしてるでしょ」

「してないよぉ。名言ってよりは模範解答って感じ」

「何それ。そう言う萌はどうなの？」久美は何の気なしにそう言った。

「もえ？　もえはね、やっぱり悔しい。だってせっかくアイドルになれたんだよ？　自分の前に誰かが立ってるとか超やだ」

「まあその気持ちもわからなくはないけどさ」久美がそう言った瞬間に、萌は顔をパッと明るく輝かせて久美のほうを向いた。

「やっぱわかってくれるんだ〜、久美は」

「わかったっていうか、うん、まあ」

「ぶっちゃけさ、今だってこのまま柚莉愛がいなくなってくれたら、って思ったりするんだよね。ほんとーにちょっとだけね」

久美はわかりやすく息を一つはいて、萌のほうを見た。そしてステージの上で浮かべるのと同じ笑みを作って言った。

「話、これで終わりでいい？」

「えぇー、久美ノリ悪ぅい」萌が唇を尖《とが》らせた。メイクがほとんど終わって、いつも通りのアイドルとしての萌が鏡の前にいた。

「実は久美も思ってるんでしょ。いなくなってくれたらって」

「何言ってんの、思うわけないでしょ」久美は少し大きな声でそう言った。いつもこんな風にきつい口調で何か言うことはないから、萌は驚いた顔をしていた。

「ごめんごめん。別に怒ってるとかじゃないよ。萌の気持ちもわかるし」

「うん。もえもなんかごめんね？」

その言葉から数秒経つと二人に沈黙が訪れそうになって、その直前に久美が萌に話しかけた。

「そんなことより、このビューラーすごいんだよ。マスカラした後にも使えるの」

うっそぉ、と萌が大袈裟に驚いたのを見て、久美は疑うなら試してみ、と得意げに言ってビューラーを渡した。

「だってあり得ないじゃん、マスカラした後にビューラーとか、絶対べとべとのひじきみたいになっちゃうよ……ってえぇー？　ほんとだぁ」萌のビューラーの扱いは乱暴で、一回に二本はまつげが抜けてしまいそうだった。

「でしょ？　すごいんだよぉこれ」久美は萌から返されたビューラーを受け取り、C

Mでもするようにそれをキメ顔で持った。

「どこで売ってるのぉ？」

萌がスマホを取り出して、そのビューラーについて調べ始めた。久美は笑みを浮かべるのをやめて、自分のメイクの仕上げを静かに行った。萌はずっとスマホを見ていて、いつも通りの楽屋に戻っていった。

萌がビューラーを摑《つか》んだ瞬間に「いい子ぶっちゃってさ」と小さな声で呟いたことは、もしかしたら私だけが知っていることなのかもしれない。

近くに置いてあったペットボトルが床に落ちて、大きな音がした。

「柚莉愛？」

久美が私の名前を呼んだから、仕方なく二人の前に出た。

「いつからそこにいたのぉ？」萌は眉を八の字にして、心配そうに言った。

「ごめん、トイレの場所がわからなくて」

「そっか。とりあえずさっさとメイクしたほうがいいよ」

「だね」

私は自分の席について黙々とメイクを進めた。トイレに行っている間に二人の話が思いもよらない方向に発展して、そこに鉢合わせたのは運が悪かった。昨日の配信も疲れたし、楽屋は何となく居心地が悪いし、なんか嫌になっちゃう。

二人は、私が入ってきた瞬間からお互いに目も合わせなくなった。わざとらしく目くばせでもしてくれたほうが女子特有の悪口、って感じがして私なりに受け止めることができるのに。いつまで経ってもそうしないところを見ると、あれは悪口とかじゃなくてただの本音なんだろうな。

こういう収録ではお弁当が渡される。おかずに口をつけるだけでご飯は一口も食べなかったとはいえ、脂っこいものとかカロリーの高そうなものばかりだったから結構おなかがいっぱいになっちゃって、さっきトイレできれいに吐いた。吐くって動詞にきれいってつけていいのかわからないけど、私にとってはそれが正しかった。

体型的に、萌は私と同じで死ぬほど努力しないとやせた状態を保てないタイプで、久美は何もしなくてもアイドルっぽいスタイルをキープしているイメージだった。まあ本当のことなんて、誰にも分からないけれど。

「もえトイレ行ってきまーす」

「柚莉愛みたいに迷わないようにね！」久美がお母さんみたいな口調でそう言うと、

まかせて！　と萌が大きな声で言ったので、私はその勢いに笑ってしまった。その拍子に涙が飛び出るように出てきたので、久美にばれないようにティッシュを取った。

「あんまり気にしないほうがいいよ」

「何が？」流した涙の理由がわからずに混乱していた私を、久美のこのひとことは余計に混乱させた。

「だから、萌が言ってたこと」

「あ、うん」

「大丈夫だよ。誰が見たって、柚莉愛がセンターなんだから」

「……そうかな」

「絶対そうだから、自信もって」

「ありがとう」

励ましてくれる間中、久美は私の顔を鏡越しですら見なかった。アイシャドウとティッシュを使ってメイクを直すふりをしながら、私は飛び出てしまった涙を拭いた。涙の理由は、由香ちゃんにバックダンサーとしてついたときの気持ちを、この二人は今も味わっていると思ったからかもしれない。

収録はケラケラと笑うだけですぐに終わって、私は金曜日じゃないのにいつもの部屋に来ていた。田島さんは配信部屋のドアを開けながら心配そうに言った。

「青山さん、やれそう？」

部屋の中は昨日から何も変わっていなくて、田島さんの服装も昨日と同じような黒色のシャツにチノパンだった。タイムスリップしちゃったのかと思った。でも普通は部屋の様子が日ごとに変わることなんてないから、部屋の様子が変わらないことに驚いている私のほうがおかしいんだ、とひそかに笑った。

田島さんは私の返答を待たずに先に部屋に入った。私もそれに続くと、昨日と同じスタッフがベッドメイクをしている。

「あ、柚莉愛ちゃんもうちょっと待ってね」

私はこの人の機嫌を損ねないように、握手会のときのような笑顔を作った。私のことを本当の意味で仕事相手だと認識しているのは、この中で田島さんだけに思えた。だけどこれだって立派な仕事。こういう日々の気づかいだって、営業活動の一つだ。

部屋を見渡すと昨日吐いたモノたちはきれいに掃除されていて、私は久美のカーテンの前に座った。それは位置的に田島さんが入っているクローゼットの一番近くだったから、私はもう一度田島さんからあの問いを受けることになった。

「青山さん、やれそう？」

この質問に意味なんてなくて、私が頑張りますと言えばこの会話は終わる。いつだってそう。こういう企画にしてもＣＤのタイトルとか歌詞にしても、周りの大人たちが必死に作り上げた完成品を見せられて、私たちは「いいですね、頑張ります」と言うだけで、それに何か私たち自身の考えを加えることなんてできない。こんなのやりません、なんて絶対に言えない。なのに決定したのは私たちだということになっていて、雑誌とかライブでは、大人が作り上げたものをあたかも自分たちが作ったかのように話さなくてはいけない。私たちの生活は、ＣＤの曲名とかが変わっていくだけで、結局は同じ作業の繰り返し。マクドナルドの店員みたい。違いは、私たちのスマイルが有料ってことだけ。

だから私たちには表面的に、決定する権利みたいなものが与えられている。でも私はいまだに思い出せない。この仕事を本名でするということを、誰が決めたのか。

「青山柚莉愛」というのは私の本名で、柚莉愛っていうのはお母さんが好きな漢字を詰め合わせて作った名前。柚子《ゆず》のユに、指原莉乃《さしはらりの》のリに、恋愛のアイで、柚莉愛です、と言うと目上の人には苦い顔をされる。キラキラネームってやつなんだろうな。

当て字っぽいし。ネットで私の名前で検索すると、私のことだけじゃなくてお母さんのことまで悪く書いてあって、その理由がこの名前だったりする。自分にアンチがいるのはいい、これが私の選んだ道だから。だけどお母さんのことを悪く言われると、芸名で活動するべきだったという考えが頭をよぎる。

契約書のようなものを書かされたとき、私はまだ中学生で、大人に「空欄に名前を書いて」と言われたから、学校で配られるアンケートなんかに答えるように全部の欄を本名で埋めてしまった。あのどこかの欄は、芸名を書いてもいい欄だったのかもしれない。

名前というのは不思議なもので、アイドルをやっているときの自分と家にいるときの自分はどう考えても別人なのに、アンチが青山柚莉愛についてツイートするのを見ると、家にいる自分まで責められているような気がしてくる。どこにいても誰といても、みんなに見られている青山柚莉愛を演じたほうがいいんじゃないかって思えてくる。

名前は、いつも私を振り回す。

小学生のときに国語の授業で「私の名前の由来」って発表をクラス全員がしたのを思い出した。担任の先生、確か三浦《みうら》先生っていう女の先生で、ベテランで算数を教えるのがうまかった。私が自分の名前について発表しているときに、どこかの男子が「キラキラネームだ！」って言ったからみんなが笑いだして、そのとき三浦先生が言ったひとことは今でも、私の心に宝物みたいに残っている。

「名前は、みなさん一人ひとりの人生そのものです。人の人生を笑う人を、先生は決して許しません」

その意味を、もしかしたらみんなは理解できなかったかもしれない。でも私にはわかった。みんなが先生の言葉の強さに押されて笑うのをやめたから、私は用意した原稿を読むことができた。三浦先生はたまに強い言葉を使うことがあったから、どちらかというと生徒からも保護者からも嫌われている先生だった。でも、それから私にとって、三浦先生は大好きな先生になった。

名前は、私の人生。何もわからず契約書にサインしたあのとき、私はこの名前で生きていくことを、無意識に決めたのかもしれない。

「青山さん」

「あっはい」田島さんの声に、私はきょろきょろしながら言った。

「大丈夫？　なんかぼーっとしてたけど」

「大丈夫です、頑張ります」

その場に合ってそうな笑みを浮かべると、スタッフの人がベッドの準備が終わったと言ってきたから、私はいつも通りベッドに腰をおろした。

「五分前でーす」

何度も昨日を繰り返す、つまらないタイムトラベルものみたい。田島さんが服を着替えているのは雰囲気でわかるけど、目の前にいるスタッフは、昨日シャワーをちゃんと浴びたのかな。

渡されていた台本には、何度も何度も目を通した。内容は一ヵ月前に決まっていたのに、今日がその日だと思うとおなかが痛くなってくる。吐いちゃおうかな。おなかにあるもの全部。でも、きっと食べ物だけじゃなくて、どうにもならない気持ちとかもこのおなかの痛さの原因で、そんなものは吐いても出てこない。

「もうちょっと待っててね」

スマホをセットするスタッフが、こちらに一瞬笑顔を向ける。反射的に私も笑顔になったけど、楽しげな表情とは裏腹にすごく疲れた。

台本を枕の下に置いて、私は自分の爪を見た。透明なトップコートだけを塗った、シンプルすぎるネイル。あんまり派手だと男の人が嫌がるんだって。家事とかできなさそうだから。ファンの人が見るのは歌って踊る私だけなのに、家の中では料理とかをしていることを求めているのが、ちょっとだけ面白い。ふふ。

「柚莉愛ちゃん、終わったよ」スタッフの人が、私にねっとりとした笑顔を一瞬だけ送った。向こうが笑みを浮かべた時間は一瞬だとしても、それは私の頭の中で、水飴みたいにいつまで経ってもへばりつく。

「ありがとうございます」

「いえいえ。本番一分前でーす」

私はポケットから鏡を取り出して前髪を直した。今日の分け目はうまくいったから、結構お気に入り。そのうち、スタッフの人が十からカウントダウンをし始めた。私は鏡をしまい、スマホに手を伸ばす。ゼロになったと同時に配信って書かれたボタンを押したら、今日も配信が始まる。

「こんばんは〜。見えますかぁ」

最初の数秒はガサガサした画面で、そのすぐ後にはっきりと私の顔が映し出されたら、配信が成功したってこと。私の仕事は、ここで七割くらい終わっている。

「えー改めましてこんばんは。となりの☆ＳｉＳＴＥＲｓの青山柚莉愛でーす」

【昨日の配信、よくわからなくて心配した】

【え、どうしたの柚莉愛ちゃん改まって】

【待って待って重大発表って何、怖い】

コメントに重大発表、と書かれているのを見て配信画面を見てみると、今日の配信のタイトルは「【重大発表】柚莉愛の☆おへや【土曜緊急配信】」になっていた。今までの放送は「柚莉愛の☆おへや【金曜配信】」だったから、確かに今日だけいつもとは違うタイトルだった。

私は台本を思い出して、自分で言葉を選んでいるように見せるため、できるだけゆっくりと話した。

「みなさん、昨日の配信は見てくれましたかぁ？」

わざとらしく不安そうな声を出す私を見て、さっきのスタッフや田島さんが大きく頷くのが見える。自分の演技力には自信なんて一つもなかったけど、これで大丈夫みたい。

「あの、見てくれてたならわかると思うんですけど」

ここでいったん発言を切った。すらすらと喋《しゃべ》りすぎたら、緊急配信っぽさがなくなってしまうと思ったからだ。

「私、最後に倒れて。それで黒い紙に柚莉愛を探して、みたいなことが書いてあって。書かれていたハッシュタグを使って、ファンの方が私のことをすごく心配してくださっていたことを知って」

その続きを言うのは少し早い気がして、できるだけ見ないでいたコメントに、目を通した。

【柚莉愛ちゃん大丈夫だったの????】

【てか男の手が映ってたけど、あれは誰なのかの説明はするよね】

【柚莉愛ちゃんが無事そうなら何より】

【重大発表はやくして】

「あの、すみません。みなさん本当にいろいろと心配してくれたみたいで……。心配させてしまってごめんなさい。私は見ての通り、元気です」

私は、何を言っているんだろう。画面から目をそらすと、クローゼットに入っている田島さんと目が合った。すぐにそらしたら、向こうは私が助けを求めて田島さんを見たのだと思ったようで、すぐに「ゆっくりで大丈夫」というカンペが出された。人が人を見るのは、そういう業務的な助けを必要としているときだけじゃないんだけどな。田島さんには、それはわからないみたいだ。

「で、私は元気で昨日の配信はなんていうか、心配させちゃったなって感じで。ごめんなさいって感じで。んー、何が言いたいのかっていうと」

私は自分の膝に置いてある画用紙を見た。これを出さなくてはならない。たぶんスタッフの人たちも、そろそろだろうと思っているはずだ。

【柚莉愛ちゃん喋ってー】

【何が起こっているのか理解ができない】

【まさか脱退？　とか？】

一つのコメントが目に留まって、私は思わず画面にいつもよりも近づいて言った。

「脱退とかじゃないです。私たちはできれば、このまま三人でデビューしたいと思っています」

それを聞いて数人の大人が余計なこと言うな、みたいな顔をした。ついに「画用紙を出せ」ってカンペが出てきたから、私はあきらめてそれをカメラに向けた。

「ドッキリ、大成功〜！」

空っぽの部屋で、私のスカスカな声がじんわりと広がっていく。ファンの人が今目の前にいたとしたら、全員黙ったはずだ。

私は画面をできるだけ見ないようにして、そのまま話を続けた。文字の流れるスピードがさっきより速くなっていることが、視界に入った画面の様子でわかった。

「みなさんごめんなさい！　実は昨日私が倒れたのはドッキリでした！」いえーい、と続けてみても、誰も何も言ってくれない。田島さんは表情も変えずに、モニターの中の私を見ている。

「びっくりした？　昨日のはね、全部演技っていうか、うん。決まってたことなんです。だから私が倒れたわけじゃないから心配しないでね！　さあここで宣伝です！　十一月二十日に、私たちの五枚目のシングル『HeLP《ヘルプ》 Me《ミー》!』が発売されまーす。みんな絶対買ってねー？」

勢いに任せてマイクに言葉を詰め込んでも、それは入った瞬間からさらさらと流れていってしまって、砂時計の上から砂を無限にかけ続けているみたいだ。いつかは、下から溢れてくるのかな。溢れてきたら、私は許されるのかな。

「新曲のタイトルにちなんで、私が放送で倒れたらみんなが心配して助けてくれるか気になっちゃって、やってみたんだ。試すようなことしてごめんね？　うれしかったよぉ。私も昨日、あのハッシュタグで検索をかけたら、みんな動画の隅々まで見てくれてたよね。トレンド入りもしててびっくりしちゃった！」

実はその砂時計は最初から壊れていて、理科の授業で使う漏斗《ろうと》みたいなものに私が必死で文字を注ぎ続けているだけなのかもしれない。そしてそのことがわかっていないのは、私だけなのかもしれない。

「そしてこれは言うかどうか迷ったんだけどね、このCDの売り上げが三万枚に届かなかったら、私たち三人での活動はいったん終わりになります。完全に終わっちゃうわけじゃなくて、ほかのメンバーを増やしたり、いろいろと変わるってだけかもしれない。そこは私にもよくわからないんだ。三万枚いったらメジャーデビューっていうのは、前と変わらないけど」

ぶりっ子っぽく髪をいじってみると、たまたま取った一束に枝毛を五つくらい見つけて、やっぱり私は底のない器に繋《つな》げられた漏斗めがけて、大量の砂を流しているだけだという気がした。

「今回のCDの売り上げによって、私たちがこのまま活動ができるかどうかが決まります。だからタイトルはシンプルに助けて、を英語にしただけにしました。もう歌詞も決まってててね、いい歌なんだよ。本当に」

仮に私が今ここで涙を流したとして、それを何人の人が心配してくれるんだろう。またドッキリだと思う人もいるかもしれないし、仕事に私情を挟む私に幻滅する人もいるかもしれない。

「発売記念の握手会が明日あるので、みんなぜひ来てね。場所は後でTwitterにあげておきます。みんなに会えるの、すごく楽しみ」

言うべき台詞を言い終わってしまったのに、放送はあと七分あった。何を話そうかな、と思ってコメント欄を見ることにした。スタッフが出していた「コメント欄見ないで」というカンペは、見えなかった。

【ドッキリとかいう軽い言葉で済ませようとしてるのがちょっとどうかと思う】

【ブタ配信見に来たらドッキリかかったことにされて草】

【男の手とか窓の文字とかいろいろ解決してないよ】

【デブは謝るときもデブなんだなｗｗｗｗｗｗ】

【裏切るんだ。僕たちを】

鼻の奥がわさびを食べたときくらいにツンとした。やばい。これ、泣いちゃうやつだ。私は顔を上にあげて数回まばたきして涙を蒸発させた。顔を元に戻したタイミングで、乾ききらなかった涙が目尻《めじり》からはみ出たけど、これはカメラには映らないから大丈夫。

「ごめんねぇ」

私はそう呟きながらスマホに手を伸ばして発言を非表示にした。今まではファンの人が中心だったコメント欄に、アンチがいるとは思わなかった。でも昨日の配信がそこそこ伸びたなら、それは予想するべきことだった。


『あと一分』


カンペを見るとそう書いてあって、それがいつから出されていたのかはわからなかったから、あと何秒残されているのか見当がつかなかった。とりあえず締めっぽい言葉を並べて、時間が過ぎるのを待つことにした。

「えー。みなさん昨日は本当に驚かせてすみませんでした。ファンのみなさんには支えてもらってばかりなのに、心配までかけちゃって……。握手会とかでね、私が元気を与えてるんじゃなくて、みんなに元気をもらってるんだよね」

まだ続きを言おうとしていたら、スタッフに配信が終わったことを告げられた。どこまで配信に入ったのかわからなかった。その場で呆然《ぼうぜん》としていると田島さんがクローゼットから出てきて、私の座るベッドの目の前に来て、仏頂面のまま言った。

「お疲れ様。今日はもう帰っていいよ」

田島さんがいつもよりもずっと遠くの人に感じて、私は我慢していた涙を一粒だけ目から出した。


事務所の車で家に帰る途中、田島さんはひとことも話さなかった。私の涙が配信で流れていたらどうしよう。田島さんがモニター越しに気づいてがっかりしていたらどうしよう。

「これが最後のチャンスだよ」

プロモーションが失敗したら増員だと告げられた日、会議室には私ひとりだった。久美と萌はハッシュタグのキャンペーンだけ知っていて、失敗したらどうなるかは私にしか知らされなかった。結成のときと同じかそれ以上の鋭い視線が降り注いでいて、その送り主には田島さんもいた。小さな声で私が発した「頑張ります」が、喉の奥に少しだけ残って、かすかにふるえた。

金曜日の配信でわざと起こした機材トラブル。それを直している間に、田島さんから水風船みたいな袋にぱんぱんに詰まった血糊《ちのり》を渡された。本当は口に入れちゃいけないやつなんだって。予算がないから仕方ないんだって。血糊を吹いて倒れた後、本気で吐き気が襲ってきて、大人たちは「口をゆすげば大丈夫」と言うだけだった。口をゆすいでトイレで吐いた。そこまでも想定内だったのか、誰も心配してくれなかった。田島さんは仕事のことは心配するけど、私のことは心配しない。

車の中はいつもと同じはずなのに今日の空気はとても重くて、その原因はどう考えても私だった。

「着いたよ」

運転していたスタッフに言われて、私は軽くお礼を言って車を降りた。薄暗い駐車場には、今日もひとりも人がいない。動画配信を始めたころに、私は家を引っ越した。自宅の特定を防止するために、事務所の車では近くのホームセンターの駐車場まで送ってもらうだけにして、そこに母親が迎えに来ることになっていた。最初のうちは母が来るのを事務所の人が待ってくれていたけど、一ヵ月くらい前から私はそれを断っていた。小学生じゃあるまいし、ここまでくるファンがいるとは考えられない。いたとしても、誰も私だとは気が付かないはずだ。

「ここで大丈夫です」

お決まりになってきた台詞を言うと、事務所の人と田島さんがそうですか、とか言ってすぐに車に乗り込んだ。最近寒くなってきたし、向こうも私をそこまで心配していないのだ。車を出す前に、田島さんが窓を開けて顔を出した。

「青山さん明日のスケジュールはわかってるよね」

「握手会、ですよね」

「そう。明日もよろしく」

私は無言で頷いた。田島さんも薄い笑みを浮かべて頷き、すぐ後に窓が閉まった。去っていく車を見送り、見えなくなったことを確認してから私はひとりで帰った。金曜日に配信があることはわかっているからお母さんが迎えに来ることになっていたけど、今日はひとりで帰ると言ってある。毎回毎回お母さんに迎えに来てもらうと監視されているみたいな気持ちになるし、たまにはひとりで過ごしたい。

駐車場を出てホームセンターに入ると、木のにおいが鼻の中にふわっと広がった。木くずが飛んでいるのか、くしゃみが出そうになる。マスクをつけたままで、誰にも話しかけずにこのお店を一周するのが、私のひそかな楽しみだった。

あと二十分くらいで閉店するからか、店内は少しだけバタバタしていて、買い物かごを持った人たちがレジにいそいそと向かう様子が見ていて楽しい。私もこういう普通の生活が送りたい。有名じゃないのに普通の生活も送れないなんて、割に合わない。

割に合わない？

自分の仕事についてそう考えたのは初めてだった。でも今更勉強したって大した大学は行けないだろうし、もしかしたら、何をしたって割に合わないというのが、日々の生活なのかもしれない。

買うものもないのでスマホを開くと、久美からＬＩＮＥが来ていた。

【配信お疲れ！　大変だったね……とりあえず明日の握手会がんばろ！】

【見てくれたんだ、ありがとう。がんばるね！】

【あったりまえじゃん。これからも、できることを一つ一つやってこ。とりあえず今日はゆっくり寝なさい笑】

【言えてる笑。ちゃんと寝まーす】

【その調子！　ほんとお疲れ】

ウサギのスタンプを送り、会話が終わった。私と萌がＬＩＮＥをすることはないけど、あの二人はしている気がする。今日の楽屋での会話を思い出す。配信中に涙がにじんだのは、楽屋で飛び出てきた涙が、まだ残っていたからだったのかもしれない。でもそのせいでいろいろな人に心配をかけたのは二人じゃなくて私だから、結局私が悪いんだ。

退店を促す音楽が流れ始めて、私は急かされるように店を出た。ここから家までは歩いて十五分くらいかかる。私はスマホをポケットにしまって、スニーカーで地面を蹴《け》るようにして走った。空には星が一つも見えなくて、代わりにヘリコプターがいくつか見えた。これも、一番星に数えていいのかな。その質問をする相手がいなくて、私は頭の中で質問を反芻《はんすう》した。

私たちに与えられた最後のチャンスは、田島さんが考えた変な企画だった。こんなことをしてＣＤが売れるかどうかなんて、私にはわからなかった。嫌だった。やりたくなかった。何か大きな失敗が起こってしまうような気がした。大切なのは私がやりたくないと思っていることのはずなのに、大人たちは聞かなかったふりをして話を進めた。私はただ、やるしかなかった。このへんてこな企画をやった後に由香ちゃんと同じステージに立てる未来があるのなら、それを拒む理由なんて、私にはなかった。

本当はひとりで活動したかった。由香ちゃんの「最終形態」みたいなキャッチフレーズも欲しかった。メジャーデビューでこんなに足止めをくらうなんて、思ってもいなかった。

だから、やるしかない。

この先にどんな大変なことがあるとしても、メジャーデビューをしてからもっと叩かれるとしても、あのダサいパジャマを一生着続けなくてはならないとしても、体重計に乗ろうとすると過呼吸を起こすとしても。

そんなの、デビューできない苦しみに比べたら、へっちゃら。憧れの人と肩を並べる代償にしたら、甘すぎるくらいだ。

久しぶりに全力で走ったせいで息が切れた。この角を曲がると、家に着く。私はまた、ナイトキャップをかぶって足のマッサージをして、例のパジャマを着て寝なくてはいけない。配信で涙が出たって、優しい言葉なんて誰もかけてくれない。だけどやるしかない。私にはもう、この生き方しか残されていないから。

6. @TOKUMEI

炎上しそうだ。

自分が炎上の当事者になろうとしているということに、僕はちょっとした興奮を覚えていた。俳優の不倫にもタレントの失言にも興味がなかった僕にとって、炎上というのはどこか遠い国の出来事のようだった。それを作り出す側に自分がなるかもしれない。

僕は鼻歌を歌いながらTwitterを開いた。

いるいる。昨日よりもツイートの勢いがある。みんな怒っているし、戸惑っているし、それでいて達観したふりもしている。自分だけはわかっている、みたいに振る舞ったとしても何の意味もないというのに。

とりあえず「#柚莉愛とかくれんぼ」で検索をかけた。僕がフォローした人だけの意見を見ていると、偏りが生じてしまうから。秋と呼ぶには寒くて冬と呼ぶには暖かい微妙な気温が、パソコンのキーボードにそのまま伝わっていて冷たい。ツイートが全部でいくつあるのかを数えることができない。土曜だし、きっと暇な人がたくさんいるんだ。

【@えだまめ：昨日あんなに真剣に探したのに裏切られた。なんだよドッキリって。自分が騙《だま》されたことを認めたくないとかじゃないけど馬鹿にされたような感じがしてものすごい不快　#柚莉愛とかくれんぼ　#となりのSiSTERs　#青山柚莉愛】

【@となりのSiSTERsを守りたい：三人での活動が終わる的なこと言ってたけどCD売る前に終わらせるべき。このまま適当に続けたところでろくなグループにならないのは自明。　#柚莉愛とかくれんぼ】

【@センターは久美：久しぶりにブタの配信動画見てクオリティの低さに唖然《あぜん》。仮にもアイドルの配信なんだから服装とかしぐさとか声の出し方とか喋り方とか内容とか改善できるところは大量にあると思う　#柚莉愛とかくれんぼ　とかいうダサいタグもその一つ。失望した】

【@となりの☆俺：ちょっと擁護できないかな、ファンをもとから騙すつもりだったというのは。俺たちは俺たちなりにいろいろと考えを巡らせたのに、それも全部無駄だったってことでしょ。結局男の手が映ってたのは何？　#柚莉愛とかくれんぼ】

どいつもこいつも、Twitter に文字を打ち込んだだけだというのに、柚莉愛のために頑張ったかのような言い方をしていて笑える。でも僕は大人だから、こういうときは周りに合わせる。ネットの波に流されたらどこまで行けるのか、試してみたい気持ちもある。配信が終わってまだ十分しかたってないのに、タグの検索結果は今日のツイートだけ見ても数えきれないくらいになっていて、柚莉愛も人気者になったな、と他人事のように思った。

僕は今、何を呟くべきなんだろう。

目の前にはキーボードがあって、キーの組み合わせで僕が何を言うのかが決まる。音楽のパターンはもう出尽くしたってどこかのミュージシャンが言っていたけど、言葉はどうなんだろう。まだ誰も気が付いていないだけで、実はすべてのパターンはすでにネット上にあるのかもしれない。にもかかわらず僕がここで何かを言うのには、それなりの理由が必要だ。たとえば柚莉愛にアドバイスをするとかね。ファンにもアンチにも属さない、唯一無二のポジションを見つけて。

　そんなことを考えながらスクロールしていると、まとめサイトの記事が検索に引っかかった。

『【炎上】地下アイドルが配信動画で狂言死（?）↓ただの新曲の宣伝でファン激怒wwwww』

　記事に飛んでみるとそれはいかにも適当に作ったもので、コメントが一つもついていなかった。内容を一応読んでみたが、配信の内容を要約しただけだったから、僕にとって目新しい情報は何一つ見つからなかった。

　Twitterに戻りその記事を紹介したツイートを見ると、いいねが二つついているだけで、誰にもリツイートされていなかった。

「まだ炎上もしてないっつーの」

　ぽつりと浮かんだ独り言がきっかけで、僕はあることを思いついた。これだ。僕の役目はこれなんだ。

　必要なツイートを集めるために、僕はTwitterではなくパソコンのメモ帳を開いて作戦を立てることにした。等幅のフォントを見ていると安心する。指にキーボードが触れるたびに、目の前の画面に新しい文字が表示される。その様子を見ていると、やっぱりまだ、言葉の全パターンは出尽くしていないのかもしれないという気がした。

二十行くらいの作戦を一気に書き上げた僕は、それを実行するためのツイートを作成することにした。どのアカウントで呟こう。新しいのを作ったほうがいいと最初は思ったが、それだとなんだかつまらないから、僕はアカウントをそのままに下書きの画面を開いた。

【@TOKUMEI：青山柚莉愛を許せない。僕たちの気持ちを簡単に踏みにじって、写真の手の男と今頃笑ってるんだろうな。　#柚莉愛とかくれんぼ　#となりのSiSTERs　#青山柚莉愛】

昨日の配信で発見した男の手の写真をくっつけて、僕はツイートボタンを押した。そして「#柚莉愛とかくれんぼ」タグのついたツイートで青山柚莉愛に怒りを抱いている人のツイートに片っ端から「いいね」した。飛ばせるものにはリプライも飛ばし、彼らの考えを肯定した。

カタカタ……という優しい音に母さんの声が混ざってきた。風呂に入れと言っている。すぐ行く、と大声で返事をして、僕は無造作にスウェットを取った。返信はいくらか済ませたので、寝かせる期間が必要だったし、確かに風呂に入るなら今だという気がした。パソコンをスリープ状態にして部屋を出る。

洗面所に入るときにリビングのほうを見ると、今日も父さんと母さんは同じテレビを見て二人で笑っていた。離婚するという話もないし、うちの親は仲がいいほうなのかもしれない。でも僕は小さいころから他人の家というものが苦手で、他人の両親と一緒に過ごすようなイベントはできるだけ避けてきたから、これが普通なのかはよくわからない。

いつものように鏡をなるべく見ないで服を脱いだつもりだったが、ふと鏡が目に入ってしまった。映しだされたのは僕の貧相な体で、それを見てすこし嫌な気持ちになった。太りたいのに太れないという悩みは、人に理解されづらい。別に、わかってほしいとも思わないけど。

習慣で湯船に十秒だけ浸《つ》かったが、そのあとはシャワーで適当に洗うだけだった。石鹸《せっけん》で適当に顔を洗い、よくわからないシャンプーで髪を洗った。十分もかからずに済ませると、僕は髪を乾かした。髪が傷む、とかはどうでもいいけど、部屋が濡《ぬ》れるのが嫌だった。台風のときの風と同じくらいの風圧で髪の水気を飛ばし、電動歯ブラシで歯を磨いて、スウェットに着替えて僕は部屋に戻った。ダボダボの服は薄っぺらい体を隠してくれる、僕の一番の味方だ。

部屋に戻り、パソコンのスリープを解除した。パスワードを入力すると、Twitterの画面が開かれた。自分のツイートを見ると二百リツイートされていて、ちょっと炎上らしくなってきた。僕はリツイートしてきた人のプロフィールを一人ひとり訪問して、今日の配信をディスる発言を見つけ次第「いいね」した。

現在のトレンドを見たら「＃柚莉愛とかくれんぼ」が十位に入っていた。昨日もトレンド入りして、今日もするなんて、やっぱりこれは僕が思っている以上に話題になっているということだ。一位は如月由香が主演のドラマ「＃檸檬《レモン》の秘密」だった。

僕はまた、ツイートを作成した。

【@TOKUMEI：試すようなことをしてごめんなさいとか、どんだけファンをコケにしたら気が済むんだよｗｗｗｗｗ　＃柚莉愛とかくれんぼ　＃青山柚莉愛　＃となりのSiSTERs】

柚莉愛とかくれんぼ、で検索をかけると、僕のツイートがかなり効いていた。リツイートだけではなく、僕がしたツイートをスクショしたものまで拡散されていた。

【@となりの☆俺：実は昨日からその男と一緒にいて、配信で匂《にお》わせようとしたんじゃないかな。それで普通にミスって、CDの宣伝だって嘘ついたんじゃね　#柚莉愛とかくれんぼ】

【@えだまめ：男がいたことは確定なんだよなぁ。なんでだろ、目から汗が　#柚莉愛とかくれんぼ】

【@ブタは早くいなくなってくれ：逆にあんなやつを今まで信じてきたやつの気が知れないｗｗｗ　どう見たって性格悪いだろ青山　#柚莉愛とかくれんぼ】

【@柚莉愛にガチ恋する日々：なんかネットでちょっとした騒ぎだね。そんなに騒ぐことか？　むしろ俺は吐いた血の説明とかをもうちょっとしてほしかった。柚莉愛が元気ならそれでいい。明日会えるのが楽しみ　#柚莉愛とかくれんぼ】

アンチは放っておいても騒ぐ。でもファンは徹底的に絶望させないと、こうやって彼女を必死に擁護することがある。これはどうにかしないと。僕はもう一つツイートを作成した。

【@TOKUMEI：友達が週刊誌の記者で知ったんだけど、青山柚莉愛はマネージャーと付き合ってるらしいwww　別のアイドル張ってたら偶然会ったんだって。まあ無名だから記事にしなかったらしいけどwww　動画に映った手の男、マネージャーかもな　#柚莉愛とかくれんぼ】

もちろん、これは最初から最後まで全部嘘だ。だけどネット上で広まるのは正しい情報ではなく、わかりやすい情報だ。僕のこのツイートはある程度広がるだろう。時計は十一時を指していて、まだ時間があることに僕は安心した。

青山柚莉愛で検索をかけては、ツイートを「いいね」する作業を繰り返した。何かが盛り上がるには、こういう演出も不可欠だ。スポーツの応援で見かける派手な踊りだって、気持ちを表現しているわけじゃなくて盛り上がりを演出するためのものだ。

僕が行ったことのあるスポーツ観戦は父さんに連れていかれた野球だけで、周りの応援に合わせた動きを取ることに気を取られたせいで、ちっともプレーを楽しめなかった。

自分のプロフィールに戻ると、今日した三つのツイートがどれも四百リツイートを超えていて、マネージャーと付き合っているというものは、呟いたばかりなのに千リツイートされていた。

「準備完了」

僕はtogetter《トウギャッター》まとめを開いた。自分で自分のツイートをまとめるわけにはいかないので、@TOKUMEIではない別のアカウントを作ってログインした。「まとめる」というボタンを押すと、ツイートを選択する画面に切り替わる。いくつかのツイートを載せて出来事についての意見をまとめられるこのサイトが、この状況にはぴったりだ。

まとめ記事のタイトルはどうしよう。炎上しそう、というのが事実だったけど、本当のことを言っても注目はされない。もう炎上しているということにしよう。僕は真顔のまま、タイトルを書く欄に「【わからない人向け】となりの☆SiSTERsはなぜ炎上しているのか」とした。相手の無知を小ばかにすることでようやくプライドを保つことのできる人が一番恐れるのは、自分だけが知らないと思わされることだ。

実際は、この炎上騒動について誰もわかってはいない。なぜならまだ炎上していないのだから。僕が今からやろうとしているのは、炎上を作り出すことだ。火のない所に煙は立たないと言われるけど、煙があれば火がついて、さらにそれが燃え広がるのがネットの世界だ。

まず、金曜日に行われた配信の謎の一分間、柚莉愛が倒れて黒い紙を誰か男が出したことについてのツイートを時系列とともにいくつか並べた。まずは混乱する人たち、次に解析する人たち、最後に本気で心配する人たち。その次に、今日の緊急配信についてのツイートを検索した。「#柚莉愛とかくれんぼ」で調べればすぐに出てきた。いくつか適当に選択してまとめに入れた。まずはドッキリだったことを柚莉愛が発表したところ、次にファンが憤慨するところ、そして最後が僕のツイート、マネージャーと柚莉愛の交際をでっち上げるものだ。僕は自分で集めたツイートたちの流れを読み返した。写真があるほうがわかりやすいものは写真付きのツイートに差し替えた。とにかく大事なことは、これを読めば誰もが「となりの☆SiSTERsが炎上している」と思うことだった。

「こんなもんかな」

マウスで画面を上下に動かして軽く作り終わったまとめ記事を見ると、出来の良さに思わず笑みが漏れた。結構いけてる。これを見たら十人中八人は炎上していると思うはず。それで十分だ。あとは、その人たちが火を広げてくれるのを待つだけだから。

僕は本格的な編集をしようとキーボードに指を置いた。まずはとなりの☆SiSTERsの説明をしなくてはならない。なんて言うのが正しいんだろう。地下アイドル？　なんか違う気がする。一応大手の事務所にいるわけだし。僕は自分の産毛を確認するように頬をさすり、しばらく説明文を考えた。部屋の明かりのほうに目を向けると、思ったよりもまぶしくて目を瞑った。瞼《まぶた》の裏にちょうどいい紹介文がぼんやりと浮かんできたので、僕はそれを書き写すようにキーボードに打ち込んだ。

「となりの☆SiSTERsってそもそも誰？

↓俳優事務所セルコの社長が趣味でやっている、つまらんアイドルグループです(笑)

如月由香の妹分を自称していますが、足元にも及びませんねｗｗｗ」

いい感じ。炎上しているアイドルの紹介はこれくらい雑なほうがいい。それに、事務所に現実をつきつけて目を覚ましてやりたい。それから僕は週に一度リアルタイム動画を配信していることと、金曜日の配信で青山柚莉愛が倒れたことと、それがドッキリだったことと、ファンが怒って炎上しているということを付け加えた。炎上している、という一番重要な部分以外は一応事実だった。炎上ってほどではないけど、ファンは怒っているわけだし。

結局、炎上の流れを説明するために、全部で十五個のツイートを載せることになった。自分のものか、自分が見たことがあるものだけだった。時計を見ると十一時半を過ぎていて、眠り始める人もいるかもしれないと思い、僕は投稿のための準備を急いだ。カテゴリーが何に属すのか一瞬迷ったが、見る人が最も多そうなエンタメにしておいた。ほかにも「アイドル」、「地下アイドル」、「炎上」、「配信チャンネル」、「となりの☆SiSTERs」、「青山柚莉愛」、「南木萌」、「江藤久美」、ついでに「如月由香」をタグにつけておいた。

まとめの簡単な説明文は、三人組アイドルグループ「となりの☆SiSTERs」が配信チャンネルでの配信がきっかけで炎上しているようなのでまとめてみました、としておいた。インターネットで自分が第三者であることをアピールするには、してみました、という表現が適している。踊ってみたとか歌ってみたとかだって、誰に頼まれたわけでもないのに自分の必死な努力の成果を公開する気恥ずかしさみたいなものをごまかすためにつけた名前なのかもしれない。

ほかのユーザーが勝手にこれを編集できないようにし、僕のするべき作業は終わった。さっき書いた作戦の序盤と、ほとんど同じ内容になっている。

僕はカーソルをゆっくりと「投稿する」ボタンに合わせた。クリックすると、数秒して投稿されました、と表示された。僕は息を一気に吐き出して、そのまとめを自分で確認した。変なところはどこにもない。大丈夫。あとはみんながなんとかしてくれる。名前も知らない「お前ら」が。

僕はTwitterに戻って「@TOKUMEI」のほうでログインし直した。ハッシュタグや青山柚莉愛という名前で検索を続けながらよさそうなツイートがあれば「いいね」した。そうしていくうちに、マネージャーと青山柚莉愛が交際している、という僕のツイートのスクショが拡散されているのを見つけた。その人は僕よりもフォロワーが多い人で、そのツイートは千リツイートを超えていた。僕のやつをリツイートしたわけじゃないから僕には通知は来なくて、見えないところで自分の発言が広がっているのが面白かった。

僕は自分のプロフィール画面に戻り、拡散されていたツイートを削除した。こういう内部からのリークっぽいツイートは、消されることでより信憑性《しんぴょうせい》を増していく。削除されたのを見届けて、僕は先ほど作ったまとめの僕のツイートを、僕のツイートを拡散している人のツイートに差し替えた。元のツイートは現在削除済みという注釈を入れると、本当に炎上が始まっているような気がした。

ツイート作成画面を開き、僕は次の作戦通りに文字を打ち込んだ。

【@TOKUMEI：なんか自分のツイートも引用されてたけど、このまとめは分かりやすいかも↓「【わからない人向け】となりの☆SiSTERsはなぜ炎上しているのか」 https://togett……。 #柚莉愛とかくれんぼ #となりのSiSTERs】

ツイートし、まとめサイトの公式アカウントを調べると、僕の作ったまとめが「注目のまとめ」として紹介されていた。一瞬喜びかけたが、ほとんどすべてのまとめがそれに選ばれているようだったので僕は顔のゆるみを元に戻した。

時計は十二時を回っていた。明日は午前中から握手会だ。昨日の今日で行われる握手会は重要だから、僕は早めに寝ることにした。本当に炎上したら中止になる可能性もあったけど、あの運営のことだし、なんだかんだ普段通りやるはずだ。

　これ以上僕が何かしなくても、土曜の夜にネットに張り付く人なら、今回のことを大きな騒動として扱ってくれるだろう。翌朝のプレゼントを楽しみに眠った、クリスマス前日の小学生みたいな気持ちで、僕は布団を浅くかぶった。


　朝六時に目が覚めた。こんなに朝早く起きたのは、サンタを信じていた最後の年以来だった。

　顔を洗ってトイレを済ませると、誰もいないリビングで朝ご飯を食べた。父さんは休日は九時くらいに起きてきて、母さんもそれに合わせてご飯を作るから、僕の分のご飯は用意されていなかった。昨日の残りものの硬くなったご飯と納豆を食べて、おなかがいっぱいだと思うことにした。

　コップに水を汲《く》み、それを持って部屋に戻った。自分が作り上げた炎上、というものがどうなっているのか確認したかった。パソコンを起動している間に、グレーのパーカーをはおりジーパンを穿いて着替えを一瞬で済ませた。もう出かけられる。少し遅れて起動したパソコンでTwitterの画面を開き、検索画面を表示させた。

さすがにトレンドには入っていなかったけど、「となりの」と入力すると、検索候補に「となりのSiSTERs 炎上」と出てきた。

「やった……」

目標を達成した。僕はマウスを滑らせてそれをクリックした。どれくらいの規模の炎上なのだろう。

出てきた画面は、僕が思っていたのよりもよっぽどひどい画面だった。

【@太郎：なんかとなりのSiSTERsとかいう知らん地下アイドルが炎上してるみたいだけど、炎上商法は今どきダサくね】

【@とらまん：炎上してるアイドル知らな過ぎて草も生えない。となりのSiSTERsって名前ダサすぎwww】

【@柚莉愛にガチ恋する日々：マネージャーの件だけは本当に無理だ。柚莉愛を信じたいけど、事実だったらどうしよう】

【@graegehba：となりのSiSTERs、如月由香を好きだった俺は知ってはいたけど、ついにこうなったかという感じ。単純に売れなかったんやろな】

それぞれのツイートは百くらいリツイートされていた。そうか。炎上したんだ。頭が理解するのに時間がかかった。自分で作り出したとはいえ、実際にそうなると戸惑う気持ちが生まれてきて、それがとてもおかしかった。

このアカウントは常に通知をオフにしてあるから、昨日のツイートがどうなっているのかはわからなかった。プロフィール画面に飛ぶと、炎上のまとめ記事を紹介したツイートにはおびただしい量のリプライが付いていた。目を通すのが何となく嫌で、僕はその数を確認するだけにした。

もう一度「となりのSiSTERs　炎上」で検索すると、一つのブログ記事を紹介したツイートがヒットした。僕はほとんど無意識に、貼られていたリンクに飛んだ。

『となりの☆SiSTERsについて思うこと』

「応援していたアイドルが炎上した。みなさんは、そういう経験はあるだろうか。

知らない人のために説明すると、となりの☆SiSTERsというのはセルコエンターテインメント所属の三人組アイドルグループで、メジャーデビューを果たしていないからジャンルとしては地下アイドルに属する、はずだ。如月由香の直属の後輩、と言えばわかってくれる人は多いと思う。

メンバーは、炎上のきっかけとなった青山柚莉愛、そして南木萌と江藤久美である。ちなみに僕は萌推しだけど、それはこの記事にあまり影響を及ぼさないと思っている。

彼女たちはCDの売り上げ次第でメジャーデビューするか決まる、というコンセプトで今まで活動していて、熱心なファンもそれなりにいた。自分も握手会のために同じCDを何枚も買っていた、いわゆる太い客に属するほうだと思う。

そんな彼女たちが今回、炎上した。

明確な理由は僕にはわからないし、もしかしたら炎上というのはそういうものなのかもしれないと何となく思う。ただ、青山柚莉愛がドッキリ、と書かれた画用紙を掲げて笑顔を見せたとき、自分の中で何かが崩れるのを僕は感じた。

（今僕が何を言っているのかわからない人はこのまとめ読んでみてください↓「【わからない人向け】となりの☆ＳｉＳＴＥＲｓはなぜ炎上しているのか」https://togett……」）

僕がショックを受けたのはたぶん、アイドルに馬鹿にされたと感じたからでも、青山柚莉愛が謝る際に笑顔を見せたからでもない。僕が悲しかったのは、アイドルに何か危機が迫っていたとしても、ファンができることなんて何もない、ということを見せつけられたと感じたからだと思う。

アイドルとファンという関係はとても奇妙なもので、アイドルが僕たちに価値を提供しているからお金を払っているというだけなのに、いつの間にかこちらがアイドルを支えているという錯覚に陥りがちだ。

確かに今回の騒動をひとことでまとめるとしたら、支えてやってるのに俺たちを騙したのか、というファンの怒り、と収めるのが妥当だとは思う。

しかし本当にそうなのだろうか。僕たちはアイドルに、裏切らないこと「だけ」を求めているのだろうか。

今回のことは自分がアイドルに何を求めるべきで、何を求めるべきではないのかということを見直す、いいきっかけになった。自分はたぶん、アイドルが本人の生活のすべて、青春のすべてを捧げてくれることを無意識に求めていて、だからこそあの配信を見てショックを受けたんだと思う。彼女たちが見せていた生活は、そのすべてじゃなかったのだということに、気が付いてしまったのだ。

今回の炎上の原因は青山柚莉愛個人とかあの三人とかではなくて、アイドルという職業の奇妙さそのものなのだと僕は思う。となりの☆ＳｉＳＴＥＲｓの三人は今、今までに触れたことのないような悪意に晒されて辛いと思う。だけど、いつもの笑顔を忘れずにいてほしい。こう願ってしまうのも、ファンのわがままなのかもしれないな。

ところで、握手会を中止するという発表はなかったらしい。運営を信用してないみたいになるけど、僕はそのことをとても心配している。

こんなときだからこそみんなに会いたいという気持ちはある。次のＣＤも予約しようと思っていたし。でも明日の握手会は、精神的に行けそうにありません。ごめんなさい。

おすすめ記事
『となりの☆SiSTERsメンバー紹介』
『南木萌という逸材について』」

僕は口の中から出てきそうになったものを、水道水で無理やり押し込めた。その記事がたくさんの人に読まれているであろうことは、それを紹介したツイートが拡散されている様子からわかった。息が荒くなってくるのを我慢して、僕は別のブログを探した。ブログなら、炎上の大きな枠が見えそうな気がした。

「Twitter で記事を探し続けると、さっきの記事ほど話題にはなっていなかったけど、じわじわと伸びているブログが見つかった。僕は水を求め続ける魚みたいに必死になってそれをクリックした。

『地下アイドルの炎上に見る、アイドルとファンとの関係性』

「こんにちは。最近釣りにハマっています、ライターのタカシです。
さて今回は地下アイドルの炎上から、アイドルとファンの関係性を考察していきたいなと思っているわけです。この記事はその当事者の方にも読んでいただけたらうれしいですが、それよりはむしろ、地下アイドルというものがどういう存在なのかいまいちわかっていない方にも楽しんでいただけるのではないかと思っています。（にしても朝早くからこんな記事書いて……僕頭おかしいんですかねｗ）

まず僕の立場を説明させていただきますと、炎上したアイドルのことは今回の騒動で初めて知りました。つまりファンとかではないです。なので自分の思考を整理するという意味で、今回の騒動の流れについて簡単にまとめておきたいと思います。

事の発端は金曜日、地下アイドル『となりの☆ＳｉＳＴＥＲｓ』のメンバーである青山柚莉愛さんが行った動画配信の最後に彼女が倒れ、『＃柚莉愛とかくれんぼ』というハッシュタグが書かれた黒い紙が映像に流れたことでした。この放送は僕も昨日チェックして、確かに血とも見える液体を女の子が吐いていて、それなりにショッキングなものでした。

ファンの方々はそのタグを使って情報共有を行って彼女の居場所探し（＝かくれんぼ？）をしたわけですが見つかるわけもなく……。土曜日、つまり昨日の夜の配信で、その配信がドッキリだったということが、青山柚莉愛さん本人の口から明かされます。

その後も『#柚莉愛とかくれんぼ』というタグは使われ続け、青山さんの態度が気に食わないだとかそういったツイートが徐々に広がり、今回の炎上につながったというわけです。

この記事を読んで初めて騒動を知った方は、『なんで炎上したの?』と思ったかもしれません(僕も思いましたw)。ここからが、今回の炎上を観察したうえで僕が考察したことです。

インターネットで何かが炎上するときって、『誰が』『どうして』『誰を』怒らせたかを整理するとその裏にある背景が浮かび上がってくることが多いんですよね。一番大事なのは『どうして』怒らせたか、という場合が多いですが。そのうえで今回のケースを見ると、『誰が』というのは青山柚莉愛さんで、『誰を』というのはファンを、なのはわかるんですけど、『どうして』怒らせてしまったのか僕にはいまいち理解ができませんでした。

これはファンの方をバカにするつもりで言っているとかではなく、僕がわからないと思ったたってだけです。他意はありません。それで自分なりにいろいろと原因を探してみたら、この記事が一番わかりやすいなと思いました。

『となりの☆SiSTERsについて思うこと』

これを読むに、今回の騒動はアイドルが自分の思い通りにならないことに怒りを覚える人によって起こされたものなのだと思います。何がきっかけでこの話が広がったのかは定かではありませんが、彼女が倒れている間に画用紙を画面に示した手が男のものだったとか、配信主である青山柚莉愛さんとマネージャーとは交際の事実があるとかいう情報も広がっていました。たとえばこういうのがきっかけであったとしたならば、これはもう配信動画が原因で、とひとことで表すのは間違っている気が僕はします。

つまり何が言いたいのかというと、今回の騒動は、構造的に言えばアイドルの熱愛が発覚してしまったときと何ら変わらないのです。つまり熱愛が発覚してファンが怒っているときも、彼らが怒りを覚えているのは熱愛そのものではなく、アイドルが自分の思い通りにならないという事実なのだと思えます。

普通のアイドルと違って地下アイドルというのは、ファンとアイドルの距離が極端に近い場合が多いです。握手会だとかSNSでの交流だとか、いろいろありますよね。今回炎上したアイドルはメンバー三人がそれぞれ週一回の自宅配信も行っていたようですし。ファンとアイドルの距離を近くすることを悪いことだとは言いません。ただ、そうやって距離を近づければ近づけるほど、そのアイドルが自分のものだと勘違いする人も増えるということです。

自分のものにならないということくらいわかっている、という反論がファンの方から聞こえてきそうですが、果たして本当にそうでしょうか。どんなにお金を払ったところで、彼女たちの心が完全に手に入るわけではないということを、あなたたちは本当にわかっているでしょうか。

これは通常の人間関係にも当てはまることで、親子だから、付き合っているから、結婚しているからといって、その人のすべてを手に入れることなんて不可能なのです。それが、相手がアイドルだと可能に思えてしまう。不思議ですね。

先ほど紹介したブログの方もおっしゃっていましたが、今一度アイドルとの距離感について真剣に考えたほうがいいと、僕は思います。それに加えてみなさんに伝えたいのは、どんな人間であろうと、完全にその心が自分の手に入るなんてことは決してないのだ、ということです。

なんだか熱い話みたいになってしまいました。いつもと文章のテイストが違ってビックリさせちゃいましたよねｗ　ここまで読んでいただければ読者のみなさんはわか

ると思うんですけど僕、先週彼女と別れたんですよｗ
いやー辛いですねー。この傷を癒すのにおすすめのアイドルがいたら、コメントで教えてくださいｗ

おすすめ記事
『どうして彼女は許されなかったのか　―不倫の代償―』
『留学なしでＴＯＥＩＣ《トーイック》９００点を取る、たった一つの方法』
『香水つけるのをやめたらバカみたいにモテるようになった話』

一息で音読するように、僕はその記事を読んだ。読みたくないものが、全部そこに詰まっている気がした。僕がどんなにネットで柚莉愛を傷つけた気になったって、彼女の心を支配できるわけじゃない。当たり前だ。その当たり前に、僕はずっと、気づかないふりをしていた。

パソコンの電源を切ろうとすると、「まだ終了していないアプリケーションがあります」と表示され、僕は強制終了、のボタンを無造作に押した。画面がいきなり真っ暗になって、パソコンの中の何かがプチ、と音を立てた。

引き出しから爪切りを取り出して、爪を短く切る。それから洗面所に向かって顔を洗い、そこで髭を念入りに剃った。途中父親が起きてきて入ろうとしてきたが、僕を見つけるなり気まずそうな苦笑いを浮かべて洗面所から出ていった。髭を剃り終わって顔全体を両手で覆うと、切ったばかりの爪が頬に刺さった。

「痛い」

爪に文句を言うようなはっきりとした声でそう言ったけど、誰も答えない。僕は少しばかりの失望を胸に洗面所を後にしてトイレに入った。少しすると遠慮がちな足音が聞こえてきて、父さんが顔を洗いだしたのが水の流れる音でわかった。

柚莉愛の心は支配できない。こんなことをしても、何の意味もない。

トイレで手を洗っていると、新たな考えが浮かんできた。心を支配することはできなくても、柚莉愛を絶望させる手段なら、ほかにいくらでもある。そう考えると穏やかな気持ちが戻ってきて、僕は深い笑みを浮かべた。だけど鏡に映る僕の顔には喜びの表情はなくて、自分にそっくりなアバターを見ているようで気味が悪かった。

部屋に戻って荷物を用意し、僕は握手会に行くために家を出る準備をした。スマホを確認するといくつかのＬＩＮＥが来ていて、僕はそれに返信したり既読をつけておいたりした。ＬＩＮＥニュースを眺めると、エンタメ欄の上から十番目くらいに「地下アイドル、配信動画をめぐり炎上」という記事があった。僕はすぐに指を動かすのをやめて、記事に移動した。内容は本当に大したことがなくて、「となりの☆SiSTERs」という名前すら出てこなかった。その日のトップニュースは、政治家の失言だった。

Twitterを見ると、柚莉愛の謝罪ツイートが話題のツイートとして表示された。素早くそれに触れると、いつもの彼女らしくない、地味なものだった。運営の事務的な宣伝ツイートによく似ているところを見ると、事務所の人間が書いたものなのだろう。

【@青山柚莉愛：昨日の配信での出来事について心配してくださった皆様、本当に申し訳ありませんでした。私たちは、どうしたらファンの方をもっと楽しませられるだろう、ということばかりを考えてきました。その結果が今回のドッキリでしたが、それが皆さんを悲しませることになったことは残念でなりません。↓つづく】

【@青山柚莉愛：（つづき）今後はこういったことがないように、あらゆるお仕事について今まで以上によく考えて取り組んでいきたいと思っています。いつも皆さま

に心配ばかりかけている私が言うのは心苦しいですが、これからも応援していただければ嬉しいです】

リプライ欄を軽く覗くと、ほとんどが憤慨しているファンのものだった。一生応援しないだとか、お前は引退するべきだとか、いろいろな言葉があった。この調子では次のCDが売れることはなさそうだ。僕も何かリプを飛ばそうと思ったが、何を言っても無駄な気がしてやめた。

となりの☆SiSTERs公式アカウントは、今日の握手会の宣伝をしていただけだった。何かトラブルがあったとき、表に出てきて謝るのはいつも、アイドル本人だけだ。

「今日は夜ご飯いるの？」

ドア越しに母さんの声がする。これが、僕にとっての現実だ。

「八時くらいに帰る」

「そう」

遠ざかる足音を聞きながら、僕は自分がこれから何をするべきなのかを考えた。しまい忘れていた爪切りを元の場所に戻すと、ガタ、という音が耳障《みみざわ》りだった。

とりあえず、握手会に行こう。もう準備してあるし。

荷物を取って部屋の外に出ると廊下を歩いていた父さんにぶつかりそうになって、お互いに謝り合った。そのとき久しぶりに父さんの顔をまじまじと見て、僕が思っているよりもこの人は大変なのかもしれないな、と何となく思った。母さんは洗面所で洗濯物を片付けていて、僕が出かけようとしていることにあまり興味を示さない。それは僕にとってはむしろありがたいことで、誰にも見られないように静かに靴紐を結び、大きめのマスクで顔全体を覆った。

「行ってきます」

小さな声でそう言ってドアを開けると外は思っていたよりも寒くて、トレーナーを着た腕に鳥肌が立つのがわかった。寒さにイライラした次の瞬間に、昨日自分が考えた作戦には、まだ続きがあったことを思い出した。

第3章

7．

『三分でーす』

剝がしのスタッフが握手券の枚数に応じた時間を告げる、いつもの光景。十一月には肌寒いミニスカートの中には大量のホッカイロが貼られていることは、メンバー以外は誰も知らない。

「柚莉愛ちゃん久しぶり」

「たっくんだぁ、久しぶりっ」

目の前で穏やかな笑顔を向けるたっくんという人は、握手会に自分の名札を下げてくる人だった。名前を覚える必要もないけど、私のファンで名札をつけてきたのはこの人が初めてだったから、今は名札がなくても名前が言える。

「昨日はびっくりしたよ、柚莉愛ちゃんにドッキリかけられるなんて」

「ごめんねぇ。私たっくんに心配されたかったのかも」

「そう言われるとまあ、悪い気もしないけど」わざとらしく鼻の下を伸ばすたっくんを見て、私はこの人のコミュニケーション能力が最初に会ったころよりずいぶん向上していることに驚いていた。

「たっくんさ、かっこよくなったよね。最初と比べて」

「えっ本当？　めちゃくちゃうれしい」

「ほんとほんと」

「二回言われるとわざとらしいなぁ」

「信じてくれないの？」

「いや信じる、信じるよ」

二回言われるとわざとらしい。でもお金をもらっている立場の私は、そんなこと言えない。なんて返せばいいんだろう。

「あのさ」

考えているうちに、たっくんが口を開いた。

「ああいうこと、もうしないほうがいいよ。炎上商法的なやつ」

「そっか」

「俺はいいけど、嫌な気持ちになった人たくさんいたみたいだし。イメージ的にもよくないし」

そう言うということは、この人も嫌な気持ちになったのだろうなとぼんやりと思った。今日は一日、謝り続けることになりそうだ。

「ごめんね。もうみんなに心配かけないようにする」

「いや、俺は別にいいんだよ」

「許してくれて、ありがとう」

『時間でーす』

「じゃあまた来てね。約束だよ」

「うん。絶対行く」

授業をちゃんと聞いていたわけじゃないけど、行くと来るの関係は、古典で習った通い婚に似ている。通うほうが大変みたいに見えて、待つ側のほうが不安定な立場なんだろうな、とその話を聞いたときに思った。

『次三十秒です』

少ないな、と思ったけど、相手は私と同年代の男の子だった。高校生のお小遣いなら、頑張ったほうかもしれない。

「こんにちは～」

「こ、こんにちは」

「初めまして、ですか？」

「あっはい、初めまして、です」

数秒の沈黙が訪れた。久美のブースからは笑い声が聞こえてくる。やばい。

「昨日の配信見てくれました？」

「あっ見ました。心配してたんで無事でよかったです」

「ありがとぉ」

『時間でーす』

「じゃあまた来てくださいね」

「あ、どうも」

ガチガチに震えたまま、その男の子はいなくなった。ああいう人が案外アンチだったりするんだよね。ネット上でだけ饒舌《じょうぜつ》なタイプだったりして。まあ、ただのシャイな人ってこともあるけど。

『次二分でーす』

「こんにちは～」

「こんにちは。昨日の配信にはびっくりしましたよ」うちのお父さんくらいのおじさんが、少し怒ったような口調で言った。

「ごめんなさぃ。心配させちゃいましたよねぇ」

「僕は別にこんなことを言いたいわけじゃないんだ。君たちにわかってもらいたいと思って心を鬼にして言わせてもらうよ……。あのねえ、ファンを裏切るんじゃないよ。さんざん心配させておいてドッキリだなんて、馬鹿にするにもほどがある。若いからってちやほやされていい気になっているかもしれないがね、その調子だと今にひどい目に遭うからな。馬鹿にしやがって」

吐き捨てるようにそう言って、その人は時間が終わる前にブースを出ていった。スタッフが心配そうに私の顔を見る。私は大丈夫です、とだけ言って、そのあとも握手を続けた。

午前の部が終わって、三十分の休憩に入った。私たちは手を何度も石鹼をつけなおして念入りに洗った。強い石鹼を使うからか、私たちの手はいつも乾燥している。

「おつかれっ」久美が青春漫画の主人公みたいな笑顔で笑った。幸せそう。満たされてそう。よくわからない人に説教されたとき、久美なら何て返すんだろう。

手を振って水気を飛ばし、用意されていたお弁当を食べた。久美が全部食べているのを見ないようにして、私と萌はご飯以外を食べる。立ちっぱなしだったから足が疲れていて、ついでに心も疲れているから、楽屋でおしゃべりばかりしている私たちも、このときだけは無言になる。

——あのねえ、ファンを裏切るんじゃないよ。さんざん心配させておいてドッキリだなんて、馬鹿にするにもほどがある。

頭の中では、さっきのおじさんの声がお風呂の中で歌ったときのように反響している。私は、裏切ったのだろうか。ファンの人を、馬鹿にしていたのだろうか。

この三人で活動できなくなることが嫌で、田島さんに渡された企画を精一杯にやった。それがどういう意味を持つのかとか、どういう企画なのかとかは、私が考えることじゃないと思っていた。やりたくないと思ったけど、そんなことを言わないほうがみんなのためになるし、田島さんをがっかりさせたくなかった。私がやるしかない。そう信じていた。

ネットニュースで今炎上しているアイドルを調べれば、「となりの☆SiSTERS」が表示される。

炎上商法。売名。アイドルのくせにブス。デブ。配信動画のクオリティが低すぎる。声がかわいくない。キラキラネーム。自撮りと動画に差がありすぎる。仲悪そう。やっぱりブス。

こんなことを言われたくて、私はアイドルになったのだろうか。田島さんや事務所の人はもともと、炎上させるつもりでこの企画を打ったのだろうか。

もしかして、私は実験台？

うまくいったら別のアイドルに使うつもりだったのかな。ただ単に気まぐれだったのかな。配信が終わった後の田島さんの態度が妙に冷たかったのが、胸に引っかかったままだ。私は何か失敗しちゃったのかもしれない。どうやれば成功だったのかわからない。冷えた卵焼きの微妙な食感が、胸のもやもやを増幅させた。

私の直感は正しかった。やらなきゃよかった。断ればよかった。こんな、誰も幸せにならない企画なんて。

きっと、午後の部にはアンチが来る。午前中に久美や萌の握手会に行って午後に私のところに来るのが、彼らの習慣になっているということに最近気づいた。さっきまでとは比べ物にならない暴言が、私ひとりにめがけて集中的に浴びせられるはずだ。ゲリラ豪雨みたいだ。傘を用意したところで、何の意味もないんだ。

パーテーションで区切られた簡易的な休憩室に、田島さんが入ってきた。黒いシャツにチノパン。同じことの繰り返し。私たちは一応顔をそちらに向けて挨拶をする。

「お疲れ様です」

「あーお疲れ。青山さんちょっといい？」

田島さんはこうやって私だけを呼ぶことがたまにある。たとえばそれは仕事の話だったり振り付けの話だったり、全部仕事関係のことだったけど、それを見て二人の表情が少しだけ曇るのを、私は知っている。

私は立ち上がるのが面倒だ、という風にその場で返事をした。熱くなった頬に気づかれないよう、できるだけ冷静に。

「何ですか」

「今日のことだけど、午前は大丈夫だった？」

「何がですか？」

思ったよりも尖った声が出た。田島さんは一瞬だけ不意を突かれたように目を開けたけど、すぐに表情を元に戻して続けた。

「いや、アンチというか変なこと言う人いなかったかな……って」

「それは別に……」

私は適当に話を濁そうとした。今日の握手会での対応で私たちの未来が変わると思っていたから我慢していたのに。傷ついた、という話をしてしまうと自分が傷ついたことを自覚してしまう。

「あ、そう？　割と平気なんだ」

田島さんはそう言うと手元のスマホに目を落とした。また、涙が出そうになる。メジャーデビューをするために、もっと大きくなるために、田島さんは私たちと一緒に頑張ってきたと思っていたのに。

「なんか事務所に苦情がわんさか来てるらしくてさ。どうしたもんかと思ってたんだけどね」

どうしてこの人は、こんなに他人事のように話すんだろう。

「ねえ」久美が急に話に入ってきた。田島さんはスマホを操作するのをやめて顔を上げた。

「ん？」

「ひとり、やばいやついたよね」

「やばいやつ？」青山さんどういうこと、と田島さんが私の顔をじっと見る。萌は化粧直しをしていて、私たちの話を黙って聞いている。

「まあ、なんか怒ってる人は来ましたけど」

「普通じゃなかったってあれ。だって馬鹿にしやがって、って叫んで帰ったんですよ？」久美がそのおじさんのものまねをして言った。萌はそんな人いるんだぁウケる、と言いながら、リップグロスを入念に塗りなおしている。

「本当？　青山さん」

「まあ本当ですけど。そんなに心配するほどじゃないです」今までにもこんなことたくさんあったんで、という言葉は、喉の奥の見えないところに押し込めるようにして隠した。

「……そっか」

田島さんは土曜日の配信の後みたいな顔になって、私は涙をのみ込むのに必死だった。私が泣いていることにはみんな慣れているのか、誰も心配する様子はない。

「今日の握手会、あまりにひどいやつがいたら、早退していいよ」田島さんは思いついたようにそう言った。

「え？」

「じゃ、そういうことで」

田島さんは私の剝がしを担当しているスタッフになにか言って、そのままパーテーションの外に行ってしまった。

「柚莉愛」

久美に呼ばれて顔を見ると、田島さんと同じような表情だった。私と、どこか境界線を引くような顔。

「私も無理しないほうがいいと思うよ。柚莉愛がいなくなったら、うちのセンターは誰もできないもん」

「ありがとう」

「もえもそう思う。あんまり無理しないでね」

「うん、もうちょっと頑張ってみる」

私がそう言うのを聞いて、スタッフが安堵《あんど》したような表情を浮かべる。体調不良とかで私が仕事を休むとき、代わりに頭を下げるのはこの人たちなのだと、こういうときに実感する。

「ちょっと、トイレ行ってくる」

パーテーションの外に出て、簡易トイレを探す。あっちだ。ひとりで歩いていると、田島さんが誰かと電話をしているのが見えて、私はとっさに体を隠した。田島さんの、私たちに対するものとは違う口調。相手の声は聞こえないけど、田島さんの声は隠れていても聞こえる。

『とりあえず青山柚莉愛には最悪帰れって言いました。まあ何とかなると思います。えっ？　うまく収めなかったら任期が延びる？　ちょっと、もう勘弁してくださいよ僕もマーケティング部に戻るために必死に頑張ってるんですから』

かさかさになった手のひらは、指の先にいくにつれて赤くなっていく。私のからだから出ていきたい血が、末端にたまっているみたいだ。

『思うんですけど、売れない子ってどうやっても売れないんですよ。確かに失敗したら増員って僕が提案しましたけど、それで売れるなんて思ってませんよ。はい。そんなに甘くないんで。いや増員と一緒にリニューアル的な感じで担当外れられないかな、って。やだなあ。今も本気でやってますよ』

左手の中指に、剝《む》けそうな皮がある。私はそれをゆっくりと剝がす。あの声は田島さんの声じゃない。田島さんは私たちと一緒に、ここまで頑張ってきたんだから。

『はい。だから次のシングルまではちゃんとやります。で、そのあと増員ですよね？ 新しいマネージャー、谷川《たにがわ》さんとかいいと思いますけどね。暇そうだし。いや無能でも大丈夫ですよ。売れない原因はタレントってことにしちゃえば。とりあえず一回そっち戻るんで。はい。その時に。はーい』

血が出た。皮が剝けたんだから、当たり前だ。呆然とそれを見ていると、田島さんは電話を終えたらしく声が聞こえなくなった。午後からも握手会なのに、私の手には血が付いている。どうしよう。とりあえずトイレに行こうか。でも、もう時間がない。私には時間がない。もう少しで増員が決まる。増員が決まる。いや、そうじゃない。

田島さんが、担当を外れたがっている。

私たちのプロデュースなんてしたくなさそうなのは気づいていたはずなのに、いまだに私を名字で呼ぶぐらいよそよそしかったのに、由香ちゃんのマーケティングをしていたことは知っていたのに、私はどうしてこんなに、動揺しているんだろう。どうしてこんなに、悲しいんだろう。

うずくまるようにして自分の手を見ていると、後ろから久美の元気な声がした。

「柚莉愛何してんの、円陣組も！」

久美は私の左手を取って歩き出した。触れている傷口がじんと痛む。明らかな違和感があったはずなのに、久美は私に何も言わない。

「お待たせ！」

萌がメイクの最終チェックをしているところに、久美が元気よく声をかける。

「柚莉愛、トイレ遅いよぉ。心配しちゃったぁ」鏡を見ながら萌が言う。

「ごめん。心配してくれてありがとう」

「はいはいみなさん、そんなこと言ってる場合じゃないですよ。まだ午後あるんだから」

久美がおじさんみたいなテンションでそう言ったのが面白くて、萌はくすっと笑った。それに合わせて、私も口の端を無理やり上げる。手を合わせると、久美がいつも通り先陣を切って言う。

「となりのー!?」

「SiSTERs！」

「なんか、頑張れるかも」

私がそう言うと、みんな満足そうに笑った。今回の握手会はこの場で次のCDを予約すると握手券を渡すってシステムだから、すぐに休むわけにはいかない。


「柚莉愛ちゃん、大丈夫そう？」

スタッフが心配そうな顔でこちらを見る。私は笑顔を無理やり作ってそれに答える。

「大丈夫です。頑張ります」

「入りまーす」お客さんの入場を大きな声で誰かが知らせる。私は手をすり合わせるようにして温める。さっきのスタッフも握手券の枚数を数えるいつもの作業に戻る。

『一分でーす』

入ってきたのは大学生くらいの女の人だった。なんか安心。

「こんにちは〜」

「あっ初めまして」向こうはすごく緊張しているみたいで、私は逆にリラックスできた。

「初めましてだねぇ」

「なんかもう……。すごくかわいくて、その、今炎上とかしてますけど気にしないでください」

「あっ……うん」

「周りが何と言おうが私は応援してます。柚莉愛ちゃんは今日もかわいいです」

彼女はものすごい早口でそう言うと、なぜか目をつぶった。

「大丈夫、ですか？」

「あっ全然平気です。なんか感動しちゃって」

「そうなんだぁ。そう言ってもらえてうれしい」

「いやそんな、私なんかの言うこと気にしないでください」

『時間でーす』

「あっもう終わりみたい。早いねぇ。また来てね～」

「ありがとうございます」

まっすぐ歩き始めたその人を見て、休み明け最初がこの人でよかったと思った。どうか、アンチがひとりも来ませんように。

『四分でーす』

「こんにちは～」

「……どうも」

四十代くらいの男の人は、そう言ったきり何も言わなくなった。この人も、割と見かける。いつも私の顔をじろじろと見て、それだけで帰ってしまう不思議な人だ。たぶん、アンチではないはず。

「昨日の配信見てくれましたぁ？」

「配信ねぇ」

「あっ見てくれたんだぁ」

「そりゃあ見たよ。まさかドッキリかけられているだなんて思ってなかった。僕がどんだけ金曜の配信を見返したかわかってる？　あの男の手は何？　それに窓に書かれてた文字も。あれ見つけたのは全部僕なんだよ。それをたくさんのツイートありがとう、みたいに雑にまとめやがって……。どういうつもりなんだよ。偉そうに」

向こうが怒っている間も私たちの手は繋がれていて、大きい手のひらから伝わってくる体温が、言葉に温度を含ませる。「Twitter で見かける文字とは大違い。嫌いな人の手を握りながら怒るのって、どういう気持ちなんだろう。しかも、お金を払って。

「ごめんなさい……」

「いいよな、謝れば許してもらえると思ってるんでしょ？　許さないよ、僕は。君は一番裏切ってはいけない人を裏切ったわけなんだから」

「ごめんなさい……」

さっきよりも声が小さくなった。昨日ちゃんとマッサージをしたはずなのに、ふくらはぎが痛くなってきた。

「だからさぁ、僕は謝ってほしいわけじゃないんだよ。別に。どうしてこんなにも僕たちが怒っているのかをわかってほしいだけなんだよ」

今朝の「Twitter は、さすがに裏アカじゃログインできなくて、表のアカウントについたリプを見るだけにしておいた。それも結構ひどくて、気持ちが沈んだわけだけど。

「お前のやっていることは詐欺《さぎ》だ。それも人の心を弄《もてあそ》ぶ、一番悪質な詐欺だ」

目の前にいるこの人は、誰なんだろう。今朝見たたくさんのツイートが、握手会で会ったことのある顔と一緒にものすごいスピードで流れていった。

「謝って済む問題じゃないと言ったら謝るのをやめるなんて、僕たちをなめているとしか思えない。どうして人を騙して平気な気持ちでいられるんだよ」

【@本音：人に笑顔になってほしい、みたいな純粋な気持ちじゃなくて、自分が注目されたいだけだったらアイドルなんて辞めた方がいいよ。インスタ蝿《ばえ》とかティックトッカー（笑）とかになれば】

【@TOKUMEI：試すようなことをしてごめんなさいとか、どんだけファンをコケにしたら気が済むんだよwwwww　#柚莉愛とかくれんぼ　#青山柚莉愛　#となりのSiSTERs】

【@柚莉愛ちゃん結婚してください：どんなことがあっても俺だけは柚莉愛ちゃんの味方だよ。だから結婚して】

【@センターは久美：炎上したとかしてないとか謝罪したとか知らんけど、とりあえずブタは舞台から降りろ】

「聞こえないふりをするな！」

そう言って向こうが手を強く握ってきたから、私はようやく気持ちを元に戻した。

でも、今この人にかけるべき言葉は、一つも見つからなかった。

私が裏アカを作ったのは、何のためだったんだっけ。こんな風に傷つきたくないからだとしたら、アイドルになった時点でそれは叶わない夢だったということに、早く気づくべきだった。

剥がしのスタッフは、私たちのほうを見ないようにしている。たぶん、心配したら私を帰さなくちゃいけないからだ。さっき田島さんに何て言われたんだろう。なんだっていいか。決めるのは、結局私なんだから。

「僕を見下しているのか？」

いきなり手を引っ張られて、声が出なくなった。

「答えろよ」

『時間でーす』

「答えろ」

そのまま握られた手が離されることなく残っていたので、私は何も言えずにただ黙っていた。

『時間でーす』

スタッフはやる気なさそうにこちらに近づいてくる。これはマニュアル通りの行動で、理由は確か時間を無視する人に去ることを強要すると余計意固地《いこじ》になるから、とかだった。私のことなんて、少しも考えてくれていない。

「答えられないのかよ」

スタッフの手が向こうの肩に触れる。時間でーす、の声がもう一度ひびく。

私は何も言わないまま、離れていく手から目をそらして次の人のほうに顔を向けた。

「答えられないのかよぉ」

同じことをもう一度向こうが言って、それに対してスタッフがまた時間でーすと単調に繰り返す。私の声は、ここには入らない。うめくような声で同じことを繰り返す男は、何人かのスタッフによって力ずくで連れ去られた。もう一度並んだらどうしよう。怖いと思っても、それを言う権利は私にはない。

（やっぱり今日はもうやめようかな）

そう思ったときにはスタッフが次の人を呼んでいて、私は何も考えずにその声を聞き流した。

『三十秒でーす』

「こんにちはぁ」

「こんにちは……」中肉中背で白髪交じりの、私のお母さんと同じくらいに見える女の人が、私を見て目に涙を溜める。

「だ、大丈夫ですか？」

「ええ。ごめんなさいね、取り乱しちゃって」

「あっ全然気にしないでください」よくあることなんで、という言葉は漫画でいう吹き出しの三角形の部分まで出てきていた。

「あなたはどうしてアイドルになろうと思ったの？」

「はい？」

「理由よ、アイドルになった理由」

「うーん……。なんか、みんなが笑顔になるっていいなって思って」

『時間でーす』

「そう、ありがとう」ハンカチを目に当て、その人はいなくなった。私はできるだけ軽い声を出したけど、目からは涙がこぼれていた。

「ありがとうございまーす」

私、なんでアイドルになったんだっけ。わからない。どうしてこんなに辛い気持ちになるのかわからない。何を目指して頑張ってきたのかわからない。確かなのは手の震えと無駄に着飾ったこの洋服、そして昨日私が炎上したということ。なんでこうなったんだろう。私がやりたかったことって、一体何だったんだろう。

「柚莉愛ちゃん？」

スタッフが私のほうに近づいてくる。ブースに立ったままで私は泣いていて、この涙がいつ止まるのかを、私は知らない。私の列で次に待っている人に、スタッフがなにか言っているのが聞こえる。

握手券。引換。後日。本当にすみません。必ず。

後日なんて、私に来るのかな。その日になったらまた何も知らない顔をして笑って、またバカみたいな歌を歌って、それで全部うまくいくのかな。

「本当に申し訳ございません」

ああ、あの人は今何歳なのか知らないけど、私の代わりにあんなに一生懸命に謝って、誰か守りたい人がいるのかな。指輪してなかったし独身なのかな。そっか、自分を守りたいのか。私は自分を守りたいのかな。それとも。

「柚莉愛ちゃん、体調不良で時間を変更したことにしておいたから、今日はもう大丈夫だよ」

俺がお前の救世主、とでも言いたげな顔でその人は言った。私を心配するなら笑っているべきではないのに、彼の口角はくいっと上がっていた。申し訳ない、と彼が頭を下げたときの顔を思い描いて、私は私の想像した表情の真似をした。

「本当にごめんなさい」

「いいよ。もともと田島さんにも言われてたし。今は大変なときだし」

「すみません」

「久美ちゃんと萌ちゃんには、俺から言っておくから」

「すみません」

「いいんだよ。とりあえず控室戻ってて。今から田島さん呼ぶから」

「……はい」

ブースを出る直前に小さな声でありがとうございます、と言ったら、そのときには私のパーテーションの中には誰もいなかった。代わりに隣の久美のブースから、久美の大丈夫なんですか？　って声が聞こえてくる。平気平気！　と叫ぼうとして、声が出ないことに気が付いた。

忘れ物を確認するようにあたりを見回して、私は隣にある控室に向かった。いつもはスタッフに動かしてもらっているパーテーションは思いのほか簡単に動いて、少し拍子抜けした。意外と、何とかなるんだ。

テーブルの上に置いてあったウエットティッシュで手を念入りに拭きながらパイプ椅子に座った。傷がまだ染みる。誰かに血がついてたらどうしよう。椅子がペラペラだから、お尻の骨が当たって痛い。あと何キロやせたら、私はデブと言われなくなるんだろう。これから何をしたら、私は裏切らなかったことになるんだろう。

スマホを開くとTwitterの通知がたくさん来ていて、その文字は日本語で書いてあるはずなのに読めなかった。頭というより、心が受け付けなかった。握手会を早退してしまった。私はきっと、田島さんに見捨てられる。

向こうからは久美の握手会が盛り上がっている声が聞こえる。久美はコミュニケーション能力が高いという言葉で片付けるのはもったいないくらいに、誰といても楽しそうに笑う。

「ここで大丈夫です」

「本当に？」

田島さんは車の窓から顔を出すと珍しく、私を心配するようなそぶりを見せる。さっき聞こえた声とはかみ合わないその態度に、頭がなんだかくらくらする。

「倒れた、とかじゃないんで。全然平気です」ご迷惑おかけしてすみません、と私は頭を軽く下げた。ドアの中から田島さんが頭を横に振る。

「まあ、明日はオフにしておいたから、ゆっくり休んで」

「ありがとうございます。ごめんなさい」

私を見捨てないでください、と言う代わりに深々と頭を下げると、頭の上のほうから涙の素《もと》が落ちてきそうになった。それが目にたどり着く前に顔を上げたら、田島さんの悲しそうな笑顔が見えた。ドッキリを発表した配信の後と、まったく同じ顔だった。

「あの」

考える前に声が出た。窓を閉めようとした田島さんは何も言わずに私を見る。

私たちの担当外れたいって、本当ですか。

言いたいことだけが、ぱっと頭に浮かんで、少しでも早く体から出ようとしている。かさぶたになった中指の傷みたいに、ぺろっと剝いたら言葉になってしまう。田島さんと数秒だけ目を合わせて、私はうつむいて中指の傷に爪を立てた。

「……いえ、何でもないです」

「じゃあ、また」

「はい」

返事をすると車の窓は一定のペースで閉まって、田島さんは私のほうではなく前を向いた。当たり前だ。友達じゃないんだから。大丈夫。平気平気。別にこんなことで、いちいち傷ついたりはしない。

車が走り出したのを確認してから、私は連絡階段のほうに歩き出した。駐車場とホームセンターの間の階段へ向かう通路が、私とお母さんの待ち合わせ場所になっている。ここに来る人はめったにいなくて、結構穴場。スマホを取り出すと、ちょうどお母さんから「今から向かいます」というＬＩＮＥが来たところだった。歩いて来るはずだから十五分くらいかな。音楽にして大体、三曲分。

コートのポケットに入っていたイヤホンをスマホに挿し込んで、何を聴こうかとプレイリストを眺めると、おすすめアーティストに如月由香、と表示された。こんなときだから逆に、みたいな。いいかも。そのプレイリストを選択すると、二十曲くらい入っていて、何を聴くかを選ぶのも面倒だったからシャッフル再生のボタンを押した。私たちの曲は、まだこんなにたくさんはないから羨ましい。

最初に流れてきたのは「まぶしいくらい」だった。私が二回目のオーディションで歌ったやつだ。これ、結構音が高くて歌うのしんどいんだよね。懐かしいなあ。

『まぶしいくらいに
あなたの瞳を覗いたら
見えないものが見える？』

何度歌っても、この歌詞の意味はわからなかった。まぶしいくらいっていう言葉が何にかかるのかが説明できない。でもいい。この歌のおかげで、私は別世界行きの電車に乗るのに必要な切符が与えられたのだから。

別世界に行くにはいろいろと必要なものがあって、それは人によってバラバラ。でもアイドルになりたいっていうなら、少なくとも熱愛報道は絶対に出ちゃだめだと私は思う。由香ちゃんはデビューして三年経っても、週刊誌に載ったことなんてない。

私は、恋をしたことがない。

いつからアイドルになりたかったのかは忘れちゃったけど、そう思う前から、誰かを好きになるってことがなかった気がする。だから私はスキャンダルとは無縁だって、思っていたのに。炎上なんて、するはずがなかったのに。

――思うんですけど、売れない子ってどうやっても売れないんですよ。

どうやったって売れない。炎上して売れる子もいるし、炎上してないけど売れない子もいる。私は田島さんにとって、売れない子だった。今回のCD予約握手会で三万枚売れればデビューできて増員は免《まぬが》れるっていう話だったけど、そんなのきっと不可能だ。

いつの間にか曲は切り替わっていて、二曲目に流れてきたのは「誓ってくれなきゃ」だった。私たちがバックダンサーをやったやつ。どうしてさっきから私に関係ある曲ばかり出してくるんだろう。最近よく聞く人工知能ってやつなのかな、私のことを遠くから見ているみたい。今日はこのホームセンターが少しだけ混んでいて、こんな奥にも人や車がたまに出入りしている。それでも私が立っている場所には、やっぱりあまり人が来ない。みんなエレベーターを使うから。ずっと立ちっぱなしで足が疲れてきて、重心を右から左に移動させた。左足を壁にくっつけると少しだけ振動が伝わってきた。同じタイミングでドン、と鈍い音が聞こえてきて、私はイヤホンの音量を上げた。

歌以外、何も聞こえなければいいのに。なんだか全部がうるさい。由香ちゃんの歌声も音を大きくしたせいか、ちょっととげとげしくて耳に刺さる。

最後のサビの前、Cメロで私たちがコーラスをしたところに入った。時間をかけてレコーディングしたはずなのに、完成したものを聞いてみると全然音が入ってなくてがっかりしたっけ。今は、聞こえる。どれが誰の声なのかはよくわからないけど、由香ちゃんの声とは違う声が、いろいろな方向に延びている。

「いろいろな方向……」

自分の脳内で浮かんだ言葉を口にしていたからか、ぼーっとしてたからか、体調が悪かったからかはわからないけど、私は気が付かなかった。知らない男の人が、いつの間にかこの小さなスペースに入ってきたことに。

そして気が付いたときにはもう、間に合わなかった。

その男は無言で私の口元を手で強く押さえた。誰かに見つけてもらおうとして声を出したら、おなかを強く殴られた。

「声を出すな」

聞いたことのない低い声。マスクをつけてフードをかぶっているから、誰なのかわからない。殴られたところが波打つような痛みに襲われた。一昨日配信をしたときと同じ吐き気に襲われたけど、痛すぎて吐くこともできない。そのあとも同じところを何度も殴られて、意識はすこしずつ確実に遠のいて、頭がくらくらしてきた。でも目だけはしっかりと見えていて、知らない車に無理やり乗せられたところが、何度も巻き戻せるくらいに鮮明に脳裏に焼き付いた。

「お前はもう、センターじゃない」

男がそう言ったのを聞いてから、記憶はない。

気が付くと、目を開けたはずなのに真っ暗だった。目が布みたいなもので覆われている。手足は椅子に縛られていて身動きが取れない。口にはよくわからないテープが貼られている。

「助けて！」

大声でそう言ったつもりだったけど、耳に届くのは壊れた楽器が出すような奇妙な音で、それが自分の声だとわかるのに少し時間がかかった。ここはどこなんだろう。私は、どうなるんだろう。首元に風が吹いた気がして体を少しだけ動かすと、髪の毛が首にあたってそれがいちいち気味悪かった。

「助けて！」

さっきと似た音が部屋に響いて、どこかに吸収されていく。なぜか鼻水が出てきて、それをすすっているうちに涙が出てきた。何も、考えられない。

「センターにふさわしいのはお前じゃない」

急に声がして、全身に鳥肌が立つのを感じた。声は、結構近くから聞こえている。しかも方向は私の前。体重計を前にしたときと同じように、息が荒くなる。口が塞《ふさ》がっているせいで鼻からしか息ができないから、鼻水が出続けるのを、私は止めることができない。

空気が動いて鼻の下がヒヤッとして、声の主が自分に近づいてきているのがなんとなくわかる。また殴られてしまうのかと思った私は、できる限り身をかがめようとした。だけど私が括《くく》り付けられている椅子は思ったよりも重くて、身動きが取れない。

「どうして」

　私から変な音ばかり出ることが気味悪くなったのか、その気配は近づいてきて口のテープを勢いよく剝がした。皮膚が全部剝がれたんじゃないかというくらいの痛みが、私のからだを駆け抜けた。

「さっきから何言ってんだよ」

　近づいている声が怖くて何も言えない。そんなことを思っていたら、男は私を怒鳴りつけた。

「何言ってんだって聞いてんだよ」

「……どうして」そう言った直後に、駐車場で殴られたのと同じ場所を殴られた。もう声が出なかった。というより、これ以上声を出したくなかった。死ぬのかもしれないと、生まれて初めて思った。

「黙れ」

　絶望に色があるのだとすれば、今目の前にある黒と同じ色なのだろうな、とそのとき思った。

8. @TOKUMEI

握手会は決められた時間よりも早く終わった。柚莉愛が体調不良だと発表されたことが影響したのかもしれない。

Twitterを開くと、柚莉愛は握手会を休んだことでまた叩かれていて、僕はそれをぼんやりと見ていた。

【@えだまめ：もうついていけないわ。休みたいから休むって、仕事でそんなことが許されるわけない】

【@本音：あのグループも終わりやな】

【@となりのSiSTERsを守りたい：だから言ったじゃんブタにはセンターは無理だって。これくらいの炎上で傷つくとか弱すぎwwww】

朝見かけたブログの紹介ツイートは二万リツイートを超えていて、僕の知らないところにもこの火は広まっているようだった。日曜の夕方五時半。暇人のストレス解消には最高なのかもしれない。

柚莉愛はそれなりに炎上したけど、テレビに取り上げられることはなかった。事務所がもみ消したのかもしれない。いや、単に需要がないだけか。ほとんどの人にとってこれは、どうでもいいことなんだ。

検索エンジンに「となりのSiSTERs」と入力すると、検索候補には「となりのSiSTERs　炎上」と表示された。ほとんど無意識でそれをクリックすると、数日前には想像もできなかったほどのニュース記事が出てきた。ネットに出回ったものはもう、消すことはできない。

「もう遅いよ」

地声で呟いて、僕はさっきの握手の感覚を思い出した。柔らかくて、頼もしくて、昔大好きだった真っ白のクマのぬいぐるみのようだった。

もう遅い。間に合わない。僕が間違えていたのだとしても、柚莉愛が間違えていたのだとしても。

柚莉愛はあれから一度もTwitterを更新していなかった。最新のツイートは今朝のおはようツイートで、それにはファンやアンチからのリプライがアブラムシみたいにびっしりとついていた。

【@青山柚莉愛：おはようございます。今日は10時から12時、13時から16時まで「となりの☆SiSTERsシングル発売記念握手会」が行われます。皆さんぜひ来てください。詳細はこちら→https://selco.com/tonari/……　#青山柚莉愛　#となりのSiSTERs】

いつもの賑《にぎ》やかなツイートとは雰囲気が違う、運営めいたツイートだった。それに対してつまらない、とかアイドルとしての自覚を持て、とかのリプがたくさんついていて、僕も似たようなリプを作成した。

【@TOKUMEI：自分の体調不良でファンをがっかりさせるなんてプロ失格。ブスでデブなんだからそういうところちゃんとした方がいいよｗｗｗ】

ブスとかデブとか言うときに、僕たちは自分のことをうんと高い棚に上げている。

柚莉愛はもちろんブスじゃないし、デブでもない。むしろ同年代の子と比べたら細いほうだ。だけど女の子に振り向いてもらいたいとき、正攻法じゃ無理だからわざと嫌な顔させて喜ぶ、みたいなオタクがいる。僕にはその気持ちはよくわからない。僕は今、純粋に柚莉愛を傷つけようとして文字を打ち込み、送信ボタンを押しているから。

部屋の中に生ごみのような臭《にお》いが少しだけする。パソコンを一度閉じて、僕はその場で立ち上がった。同時に足に鈍い痛みがあるのがわかって、太ももを適当に摑んだ。握手会って、ずっと立ちっぱなしでライブとは違って動かないから、いつもは使わない変な筋肉を使う。

臭いの原因はすぐにわかった。部屋に放置されていたコンビニ弁当だ。いつ買ったやつだっけ。顔を近づけると何とも言えない臭さが鼻に襲い掛かって、すぐに床に落ちていたビニール袋を拾って弁当に被せた。腐った卵焼きの臭いが、袋をかぶせたはずみで袋の外に漏れた。臭っ。立膝《たてひざ》でビニール袋をかぶせた状態のままでいると、誰も見ていないのに惨《みじ》めな気持ちになった。

「僕は、こんなことをするはずじゃなかったんだ」

言い訳めいた声の隙間に、ビニール袋の立てるカサカサ、という音が入ってきてうるさい。ゴキブリを殺した後のように慎重に袋の口を縛り、僕はキッチンにそれを捨てに行った。リビングの方に目を向けると、父さんと母さんは珍しくテレビを見ていなかった。父さんは新聞を読んでいて、母さんは洗濯物を畳んでいる。母さんは働いていないと思っていたけど、こうやって見ると父さんだって働いていないみたいだ。一番働いていないのは僕だという事実には目を向けないようにして、僕はゴミをそーっと捨てた。

「今日の夕ご飯、カレーだからね」

母さんが僕のほうに顔を向けて言ってくる。僕はア行の五音を足して五で割ったような音を出して相槌《あいづち》を打った。父さんは何も言わない。母さんは僕がカレー好きだと思っているみたいだけど、僕はそんなにカレーが好きではない。でも、それをわざわざ母さんに言ったりはしない。

珍しく母さんに怒られることなく用事を済ませた僕はトイレに寄った。尿意はなかったけど、自分の部屋に戻るまでにワンクッション欲しかった。個室に入るなり便座を上げると、裏側がとても汚かった。僕はそれに軽く失望して、ただ水を流してから廊下に出た。父さんと母さんの寝室のドアは開けっぱなしで、僕の部屋のドアは固く閉められていた。将来、僕も誰かと一緒に寝ることになるのだろうか。全く想像がつかない。

　自分の部屋のドアを開けると、さっきの生ごみの臭いがかすかに鼻をくすぐった。残り香、って言葉の響きはいいのに中身は生ごみだから、名前負けしたブスみたい。僕はトイレにもう一度行って、スプレータイプの消臭剤を取ってきた。部屋に入ってパソコンの上に毛布をかぶせて、部屋全体にその消臭剤を撒いた。グリーンフローラルのわざとらしい清潔な香りは、僕の肺を汚していった。

　トイレに消臭剤を戻してからパソコンを開くと、時計は六時を示していた。うちの夕飯は六時半からだから、あと三十分ある。僕は飽きもせずにTwitterを開いて、つぶやきの海に溺《おぼ》れるようにして画面を眺めた。

　タイムラインのほとんどは柚莉愛に関するツイートばかりだったが、一つだけ関係ないものが混じっていた。

【@どこかの毒林檎《どくりんご》：ちょっと前に話題になったYouTubeで自宅住所を公開して炎上した小学生、公開したのは友達の住所だったらしい……。学校でいじめられた復《ふく》讐《しゅう》だって。ネット世代が本気出すと怖いね】

それが一万リツイートされているのを見て、僕は少し安心した。しかもそれは、柚莉愛のアンチがリツイートして回ってきたものだった。大丈夫だ。柚莉愛のことなんて、炎上のことなんて、みんないつか忘れる。僕があの炎上を作り出したなんて、きっと誰も思わない。

そのツイートにいいねを押した。リプ欄にはいじめをしたという女の子の写真が貼られていた。これも、本当かウソかわからない。でも写真の女の子が実在するということだけは、まぎれもない事実だった。

僕の部屋のカーテンはずっと閉まっていて、電気をつけていると今の時間がいまいちわからない。朝日で起きるのがいいって言われても、機械じゃないものに操られるのが気に入らなくて、僕は目覚まし時計でしか起きたくない。

「#柚莉愛とかくれんぼ」の勢いはだんだんと鈍くなっていって、今タイムラインを賑わせているのは柚莉愛の体調不良だった。

【@柚莉愛ちゃん結婚してください：今日握手会行ったけど本当に体調悪そうだったよ。なんか今すぐに泣き出しそうな感じだった】

これが事実だとしても、僕には関係ない。

「僕は悪くない」

呟く声が少しだけ震えて、思ったよりも部屋が寒い気がした。グリーンフローラルの白々しさが、気持ちを滅入らせているのかもしれない。清潔な世界では、僕はのびのびとできない。

部屋の向こう、とても遠くから母さんの声が聞こえる。きっと父さんは、まだ新聞を読んでいる。

「ご飯よー」

音に反応するように、僕はパソコンの前で動きを止めた。すぐにここを動く気にはならなくて、何もできずに座ったままでいた。

「ご飯って言ってるでしょ！」

さっきよりも大きい声。でも何か返す気になれない。今日の夕飯は好きでもないカレーだし。グリーンフローラルの香りは相変わらず嘘っぽいし。キーボードの定位置に指をのせてみても、打つべき言葉が見つからないし。僕は今、疲れている。言葉を操るということに。この生活のすべてに。

しびれを切らした母さんは、久しぶりに僕の名前を呼んだ。

「久美、ご飯だって言ってるでしょ！」

「……わかったってば」

僕はしぶしぶ立ち上がって部屋を出た。その瞬間に下半身に妙な感覚が襲ってきて、生理が来たことがわかった。


アイドルになりたかった。ずっと、ずっと、ずっと前から。

初めて受けたオーディションは書類審査で落ちた。小学四年生のころだった。憧れの人がいたわけではなく、とにかくいじめという現実から逃げたかった。いろいろなオーディションを受けては落ちて、を繰り返した。集団面接や特技の披露はだんだんと得意になっていったけど、結果はいつも同じだった。

中学三年生の終わりに受けたセルコエンターテインメントのオーディションは、最後の賭《か》けだった。受かってすぐに活動できるわけじゃないから、高校生になったらもう手遅れだと思っていた。結果は最終まで残ったのに、不合格。如月由香という顔がかわいいだけの女のデビューがあっという間に決まった。その年の夏にその女がデビューして、山ほどいる不合格者のひとりになった私は、夢を諦《あきら》めることを決めた。

周りに流されてとりあえず高校に進学した。部活にも入らず無気力な生活を送った。その間、私の居場所はインターネットだけだった。友達なんていなくても、掲示板でやり取りする人がいればよかった。最初のうちは話しかけてくれていたクラスメイトも、いつしか私のことを空気みたいに扱うようになった。今までこんなに頑張ってきた私とあんなくだらない人たちは釣り合わないと、本気で思っていた。

「如月由香のバックダンサーになりませんか」

母さんが取り次いでくれた電話で言われたのは、予想もしていない内容だった。もしかしたらまだ、間に合うのかもしれない。そう思って告げられた場所に向かい、それから仕事を一生懸命にこなした。高校は一応通っていたけど、登校しても寝るだけだったから成績はずっと悪かった。

事務所の人にどんな無茶な指示を出されても「はい！」と大きな声で返事をした。諦めかけた夢に近づけるなら、周りにどう思われてもよかった。

「君たち三人で、グループ作るから」

そう言われたときには私は高校二年生になっていて、十人いたバックダンサーの中で最年長だった。萌はそのとき高校一年で、柚莉愛は中学三年だった。

自然と、私がグループのまとめ役になった。年齢差もあったけど、柚莉愛も萌もふわふわした子だったから、私以外にリーダーみたいなことをできる子がいなかったのだ。インディーズでCDを出した。全然売れなかった。歌とダンスを練習しても、人気っていうのがどうやったら得られるのかわからない。田島さんを含めた大人たちは、次から次へとグループの方向性を変えたライブを開いた。そのたびに私たちは振り回されたし、ファンには呆《あき》れられた。

二枚目のCDを出すときに握手会を開くと言われて、私にはこれしかないと思った。私は人とコミュニケーションをとることが嫌いで、だからこそ相手の喜ぶコツを知っていた。クラスの子たちの盛り上がる会話のパターンも、ある程度わかっていた。

メンバーといるときも、明るく元気なサバサバ系を演じるようになった。家にいる私とはまったくの別人。だけどキャラを演じ始めてから、私の人気も少しずつ出てきた。柚莉愛は典型的な悲劇のアイドルで、センターが固定の彼女のアンチが出れば出るほど同情を集めてファンの人気をさらった。よく過呼吸にもなって、そのたびに私が介抱してあげた。私は過呼吸になんてなったことはなかったから、わざとなんじゃないかといまだに思っている。萌はぶりっ子キャラなのに、なぜか女の子の熱狂的なファンが多かった。萌を見ていると、自分に自信が持てる気がするんだって。なんか可哀想《かわいそう》。気のせいだよ、って教えてあげたい。

だけど、私にはライトなファンしかつかなかった。

それが問題だというわけじゃなくても、重めのファンが付いたほうがうまくいくと思っていたし、自分にもそういうファンが欲しかった。私はキャバ嬢の営業テクニックが載った本を買って、握手会にそれを応用することにした。常連の人のうち、三人くらいを「ガチ恋」に進化させることができた。本に書いてある通りの言葉をかけるだけだったから、難しいとも申し訳ないとも思わなかった。

進化させた後の彼らをどうするか、私には一つも考えがなかった。とりあえずこれで二人に並ぶことができる。そのときの私の頭には、それしかなかった。

三人でいるとき、私が二人にライバル意識を抱いていることは隠していた。みんなの頼れるお姉さんを、必死で演じていた。萌が柚莉愛の悪口を言うのはよくあることで、私はそれをいつも茶化してごまかした。柚莉愛の Twitter に嫌がらせのリプを送っているだなんて、言えるわけがない。

萌はきっと、考えもしないはずだ。自分じゃない誰かになりきって安全な場所から人を傷つけるなんて。あの子はナルシストってだけで根はいい子だから、私の気持ちなんて絶対にわからない。

ずっと憧れていたアイドルになったはずなのに、私の心はかわいくなくなっていくばかりだった。染めたばかりの暗めの茶髪には切れ毛があって、柚莉愛みたいに黒髪が似合わない自分を恨んだ。

人気が出ない割に私たちは忙しくて、私に大学受験をする暇はなかった。握手券をハサミで切ったり、衣装のレースを縫い付けたり、アイドルをするための裏方仕事を、売れない私たちはしなくてはいけなかった。受験勉強をしたいのでこの仕事はやりません、なんて仕事を選ぶみたいに言ったら、干されてしまう気がした。

私の肩書は今、アイドル以外に何もない。母さんは近所の人に私のことをフリーターだと紹介していて、親戚には子育ての失敗だのなんだの言われている。可哀想と言えば可哀想だけど、私以外の物事にも興味をもてばいいのに、とも思う。

大学に行くべきだったと思うときは何回かあって、たとえばひとりでカラオケに行ったときに学割を使えずに高いお金を払うと、なんだか損した気分になる。遊んでいるだけの大学生が得をして、働いている私が損をするなんておかしい。

萌は、ひそかに受験勉強をしている。大学ではなくて、通信制の専門学校。医療系の資格が取れるところで、親に勧められたと言っていた。

「もえが一生アイドルやりたいって言ったら、お母さんにこの学校入ることが条件だって言われたぁ」

いつか口をとがらせてそう言っていたが、私はそう忠告してくれる人がいるのが少しだけ羨ましかった。アイドルは一生できるわけじゃないということくらいわかっていたはずなのに、私は何も考えていなかった。

もし、このままデビューできなかったら、私はどうなるんだろう。

そんな不安で時々、頭がギューッと痛くなる。高校も卒業してしまった今、私の居場所は家しかない。仕事に行ってすぐ帰ってくる私のことを、母さんは内心疎《うと》ましく思っているのだろう。

「いつになったらメジャーデビューするの？」「なんで大学行かないの？」「女の子なんだから、自分のこと僕って呼ぶのやめてくれない？」「あんたさ、そんなんでいいと思ってるの？」

私が自分のことを家でだけ僕、と言い始めてから、母さんは私を「あんた」と呼ぶようになった。

一年前の握手会、私たちにもなじみのファンが少しずつ増えてきたころだった。

『五分でーす』

気だるげなスタッフの声と同じタイミングで入ってきた男の人は、握手会があれば毎回来る人だった。ゆう君って呼んで、と言われている。

「久美ちゃん元気だった？　会うの十年ぶりだっけ」

「いや先週も会ったじゃん！」

ゆう君しっかりしてよ、と私は握られた手をゆすった。この人は何かとツッコミ待ちなところがあって、いつも気が抜けない。お父さんくらいの年の人が私に、ただの話し相手になることを求めているのが、少しだけ不思議。この人はよく来るけどガチ恋ではないんだよね。

「お仕事楽しい？」

「楽しいよ、毎日しあわせ〜」おどけるように笑って言うと、ゆう君も嬉しそうな顔になった。こういうときに胸のどこかに、小さなとげが刺さった感じがする。

「てかさ」

「ん？」

「いつも俺が質問してばっかじゃん。なんか俺に質問ないわけ？」

こういうときにあるわけないじゃん、と笑い飛ばせるほど、私は強くない。必死に天真爛漫《てんしんらんまん》ぶっているだけで、実際は目の前の人が何を思ってどういう反応をするのかが、怖くて仕方がない。私は目をわざとらしく泳がせて言った。

「なんか今更ゆう君に聞くこともないっていうか……。本当に何でも答えてくれるの？」

「俺、マジで答えるよ」

マジ、のイントネーションが、中高生とはちょっと違う。だけどそれを指摘するなんて絶対にできない。私はマジの言い方をゆう君に寄せて言葉を発した。

「じゃ、マジなやつね」

「いいねぇ」

「好きなタイプ、はどうせ私でしょ？」

「いやわかんないよ？　次は萌ちゃんと握手しちゃうかもよ？」

私はひっどーい、と笑いながら言った。正直、どうでもよかった。駆け引きしてるつもりなんだろうな。CD代をめちゃくちゃ積んで。ちゃんとした質問を考える前に、言葉が口から出てきた。

「あ！　嫌いな女の子のタイプとか知りたい！」

私の質問を聞いて、向こうがすこし嬉しそうな顔をするのがわかった。安全な場所から何かを悪く言う気持ちよさは、私もよく知っている。

「基本女の子だったらみんな好きだけど」

ゆう君の嫌いな女子のタイプ論は、そんな誰も興味ないうえにちょっぴり気持ち悪い前置きで始まった。ちなみに私は男の人は基本みんな苦手。こんな私の話も、みんな興味ないか。

「俺ね、自分のことを『僕』とか『俺』って呼ぶ子は無理なんだよね」

「そんな子いるんだ」

「いわゆる僕っ子ってやつ？　見たことはないけど、いたら嫌だなって」

自分を何と呼ぶかなんて自由なのに、しかも実際に会ったことがあるわけでもないのに、どうしてこの人は嫌がるんだろう。確かに拙者《せっしゃ》は、とか某《それがし》は、とか言う人が周りにいたらちょっと笑っちゃうけど、別に嫌うほどじゃない。

「じゃあさ、萌が自分のこと、もえって呼ぶのはセーフ？」

「セーフセーフ。かわいいから。あっ、でも久美はーとか言われたらちょっと無理かも」久美はー、のところでゆう君はぶりっ子のような喋り方をしてみせた。私のものまねのつもりなのかもしれない。

「ちょ、私だってかわいいでしょ！」てかものまね似てないし、と笑いながら言うと、ゆう君は得意げに笑った。よく見ると無精ひげが生えていて、髪にはフケがついている。この際、この人の身なりなんて気にならない。

「じゃあそういうことにしといてあげるよ」

「久美がかわいいのは事実ですぅ」私は半分くらい変顔になったような顔をして、それを見てゆう君は笑顔になった。よかった。これで次も来てくれる。

『時間でーす』

「じゃ、今日はありがと！」

「また来るわ」ゆう君がそう言った瞬間に、私はパッと手を離した。

その次の人と握手している間中、私は頭の中でさっきのゆう君の言葉を繰り返していた。

「自分のことを『僕』とか『俺』って呼ぶ子は無理」

その日はなんだかイライラしていた。もしかしたら、その日だけじゃないのかもしれない。私はアイドルになってから、ずっとイライラしていた。求められる私と本当の私が離れていくのが辛いって、引退する芸能人はよく言う。だけど私が今悩んでいるのは、そういうことではない。

本当の私というものが、私にはない。わかっているのはアイドルとして笑顔で元気に振る舞う自分が、本当の自分とは違うということだけ。私は、家ではずっとパソコンを見ているし、家族とまともに話さないし、友達だってひとりもいない。心に見えない穴がたくさんあって、大切なものが全部そこからこぼれている感じ。

（家での自分を僕ってことにしたら、楽になるんだろうか）

その日の握手会がきっかけで、私は家の中では自分のことを僕と呼ぶようになった。母さんは私が病気だと言って怒り、父さんは私には何も言ってこなかった。

「息子ができたと思えばいいじゃないか」

リビングから聞こえてきた父さんの慰めの言葉を聞いて、僕はひとりで声を上げて笑った。それからさらに家族と話しにくくなって部屋にこもるようになった。大学進学は考えていなかったので、家では何もすることがなかった。

Twitterのアカウントを作ったのはそのころだ。江藤久美という名前をローマ字にして適当に入れ替えたら偶然、とくめい、になった。柚莉愛のアヒル口がファンに好評だったのが気に入らなくて、リプライを送り付けた。彼女はファンからのリプも全部読んでいるのか、それ以来アヒル口をすることはなくなった。Twitterで名前を得た僕は、現実世界、家の中での名前を失った。「あんた」と呼ばれ始めてから、母さんにとって僕はもう久美ではなくなっていた。

「名前で呼んで」

母さんにそう言えばよかった。変な意地を張らなきゃよかった。だけど僕はこの一人称を使い続けた。江藤久美とは違う、自分の名前が欲しかった。別の名前さえあれば、僕の心に空いてしまった穴が塞がると思っていた。でも違った。一人称を変えても、母さんにあんたと呼ばれても、僕は僕のままだった。月に一度は生理が来るし、ひげや指毛をこまめに剃らなきゃいけない。現場に行けばメイクをするし、握手会では短いスカートを穿く。

決して埋まることのない、たくさんの穴。

匿名のアカウントでディスって嘲笑《ちょうしょう》しても、デマを流して炎上させても、穴は塞がらなかった。柚莉愛が悲しそうな顔をするたびに、ファンが増えていく。あの子は、そういうアイドルだ。

僕は、一番近くで柚莉愛を見てきた自信があった。相談ごとをよくされたし、過呼吸になったときにいつもそばにいてあげた。柚莉愛は、僕のことを信頼していた。今回の炎上の犯人が僕だと知ったら、柚莉愛はどんな顔をするんだろう。知られることは怖くなかったけど、柚莉愛がその悲劇によってさらに人気になることが怖かった。

配信部屋に窓があるということに、一昨日画像を編集して初めて気づいた。最初にあの部屋に案内されたとき、スタッフは窓のない部屋に三つカーテンをつけたと言った。でもそれは嘘だった。金曜の配信に、ないはずの窓が映っていた。柚莉愛のカーテンの後ろにだけ、窓はあったのだ。

柚莉愛がいなくなればいい。柚莉愛がいなければ、自分がセンターになれれば、この穴は一気に塞がる気がした。


一年前のことを思い出しながら、私はいつもより気合を入れて握手会に臨んだ。もう古いと言われてしまうようなニーハイは、ファンからのウケがとてもいい。隙間風が当たって寒いのも、気にならなかった。

ポケットに手を突っ込むと、いつも持ち歩いている飴の袋が、カサ、と音を立てた。

午前中は大したファンが来なかった。私はいつも通り、明るくてノリがいい江藤久美を必死で演じた。たまに「いつも笑っていて辛くないの？」とか聞かれるけど、全然辛くないよ、と言うとみんな安心したように笑う。自分が安心したいだけなら、そんなこと聞かなきゃいいのに。そんなことを思っているうちに、午前の部は終わってしまった。

お昼休憩が終わって午後の部に入り、スタッフに柚莉愛が帰ることになったと告げられた。私は大袈裟に声を上げて、そのときに握手していた人を驚かせた。

『六分でーす』

「さっきはどうしたの？　大声が聞こえたよ」スタッフの声と同時に勢いよく入ってきたのは、一番重いファン、岩崎《いわさき》さんだった。芝居がかって見えないように、私はできるだけ自然に動揺しているふりをした。

「何でもない……」

こういうファンには、敢《あ》えて明るくない面を見せるといい。握手会なのに私たちはまだ手を握っていなくて、私は剝がしのスタッフが次の人の時間を数えているのを見て、ポケットから飴の袋を取り出した。それを親指で押さえて、少し変な手の出し方をした。岩崎さんはあまり気にする様子もなく普通に手を握ってきて、その感触は小さいころに好きだった白いクマのぬいぐるみと似ていた。

「いつも応援してくれてありがとう」

「こちらこそ、いつもありがとう」

剝がしのスタッフがすみません、と小さな声を出して姿を消した。柚莉愛の車の手配かもしれない。私は岩崎さんに顔を近づけて声を潜めた。

「心配してくれたお礼に、飴ちゃんあげる」

「なんか、大阪のおばちゃんみたい」

「もう、みんなそう言う。今度からあげないよ？」

「嘘に決まってるじゃん。俺、すごいうれしい」

「それならよかった」

「これ、二回目だよね。もらうの」

「そうだっけ？」私はとぼけて言った。確かに、岩崎さんにこれを渡すのは二回目だった。

「今度は、開けたらどんな気持ちになるんだろう」

「それは中身を見てからのお楽しみ」

私はそう言って顔を遠ざけた。スタッフが帰ってくるのが見える。

それから、しばらく私たちは黙って手を握り合っていた。私の目には涙が浮かんでいた。どうして泣いているのか、自分でもわからない。岩崎さんは私の親指だけを見ていて、泣きそうな顔になっていた。萌のブースは楽しそうなのに、私のブースはお通夜みたいになっていた。私はわざと明るく振る舞っているような声を出した。

「本当にね、岩崎さんには感謝してる。私ってそんなに、完璧なアイドルとは程遠いから。応援してくれる人がいないとね、わからなくなるんだ」

「俺が好きなアイドルは、一生久美だけだよ」

だって俺に、と言葉を続けようとして、岩崎さんはうつむいて笑った。

「ま、好きな理由はいろいろあるけど」

「どうしたの？　らしくないよ」

「……だね」

『時間でーす』

「じゃあ、また」

「うん」

私たちは最後に視線をかわした。岩崎さんの手と、飴を包んでいたセロファンの感覚が、手に残ったままだった。

エピローグ

9・

「なんとか言えよ」

急に目隠しを外された。男はマスクをしてフードを被《かぶ》っていて、誰なのかわからなかった。

私の寝室と同じくらいのこの部屋には、壁一面に久美のポスターが貼られていた。叫べば誰か助けてくれるかもしれない。そう思って声を出しかけたところを、思いっきり殴られた。

「いい加減学んだら?」

蔑《さげす》むような男の口調。頭がくらくらして息がうまくできない。過呼吸になりかけたとき、男が私を怒鳴りつけた。

「いつもそうやって泣いて……。過呼吸になれば何でも許されると思ってんだろ」

「違いま……」そう言いかけたときに、顔をぶたれた。

この人は久美のファンなんだ。青山柚莉愛を憎んでいるんだ。青山柚莉愛のせいで、久美がセンターになれないから。

（私、ここで死ぬのかな）

そう思ったとき、男が私のスマホを目の前に出した。久美とのＬＩＮＥが目に入って、それが待ち受けだと理解するのに少し時間がかかった。なんでロックが解除されているんだろう。

「どうやって……」

「指紋ならあんだろ。そこに」

そう言って男は私の手を指さした。指紋認証にしたことを、今更後悔した。男は私のスマホを軽く扱った。ＬＩＮＥも指紋認証にしていたから、開かれた後だった。

「ママにも連絡しておいたよ」

彼が出してきた画面を見て、私は声にならない声を出して泣いた。

【柚莉愛どこ？】

【ごめん、今日は久美の家に泊まることになった】

【そう、明日は帰るのよね？】

【わかんない、また連絡するね】


「久美ちゃんにも話はつけてあるから、安心だろ」

男はそう言って笑みを浮かべた。これからどうなるのか、考えたくなかった。

『明日はオフにしておいたから、ゆっくり休んで』

田島さんの声を思い出した。たぶん私は今、誰にも心配されていない。

「みんな柚莉愛ちゃんのことが大好きなんだねぇ」

「勝手に見ないで」

男はTwitterを開いてタイムラインを眺めていた。そしてアカウント切り替えのボタンを見つけて嬉しそうに笑った。

「柚莉愛ちゃんにも、裏アカってあるんだね」

「やめて!」

私の声に耳を傾けることなく、男はスマホの操作を進めた。しばらくたって、マジ? と笑いながら言った。

「俺のアカウント、アンチリストに入れてくれてるじゃん。光栄だな」

何も言えずにいると男が画面を私の目の前に差し出した。

「これ、俺のアカウント」

そこにはセンターは久美、と書かれたアカウントが表示されていた。青山柚莉愛はブタだって、いつも言ってるアカウント。

「何かつぶやく？」

男はそう言って笑った。この人の目的は何なんだろう。どうして私の居場所を知っていたんだろう。暖房が効いていないからか、手足が震えた。その様子を男は面白がって写真に撮った。

「何か言ったらそれ投稿してあげるよ」

さっきまで殴ってきた人の笑顔が私を混乱させた。ケラケラと笑いだす様子はただただ怖かった。呼吸も乱れて、ついに過呼吸のような状態になった。

『過呼吸になるときって息を吸いすぎちゃってるから、息を吐くことだけを意識するといいんだって』

こんなときも私を救ってくれるのは久美の声だった。だけど久美にも、もう会えないのかな。

「助けて……」

絞りだしたような細い声を出すと、男が大声で何て言った？　と聞いて笑った。それに答えずにむせたように咳《せき》をしていると、男はとうとう怒鳴った。

「何て言ったか聞いてるんだよ！」

「助けて……」

目から涙が止まらなくて、鼻水とまじりあってアイドルとは思えない顔になった。男はオッケー、と軽く笑ってスマホに何かを打ち込んでいる。

『そんな格好、ファンの人には見せられないわね』

お母さんの口癖を、変なタイミングで思い出した。過呼吸が落ち着いてきたころに、男が画面を私の前に見せた。

【@青山柚莉愛：助けて……】

「こんな感じでいい？」

私はもう何も言うことができなくなっていた。どうしてこんなことされなきゃいけないんだろう。私が何をしたっていうんだろう。

「ツイート完了」

男はニヤニヤしながら画面を見ている。私は何もかも諦めてうなだれていた。

「すごいすごい、あっという間にリプが来るね」

私はうつむくことで、画面を見ることを拒否した。男は前髪を掴んで強引に私にツイートを見せた。見る直前、何を考えていたのかは思い出せない。もしかしたら誰かは信じて助けてくれると、暢気《のんき》に考えていたのかもしれない。握手会に来るいつもの人は、助けてと言ったらいつでも助けてくれると言っていたし。

【@えだまめ：柚莉愛ちゃんさ、もうちょっとファンの気持ちを考えようよ。握手会の早退もあるし、誠意が感じられない】

【@柚莉愛にガチ恋する日々：何度も信じようとしたけど、あなたには本当に失望しました。そうやってまた僕たちの反応を配信でネタにするんでしょ】

【@となりの☆俺：柚莉愛にガチ恋する日々さんのツイート見て、完全に目が覚めた！　人を馬鹿にするにもほどがある！】

【@TOKUMEI：もしかしてまた　#柚莉愛とかくれんぼ　が始まったの？ｗｗ鬼さん、こっちこっち！「もういいよ」だって】

男は画面の一点を見つめると、急に私の前髪から手を離し、スマホを見せるのをやめた。その場で立ち上がり、机にスマホを置く。ポケットに手を入れて、セロファンのようなものを取り出す。

「ねえ、飴ちゃんいる？」

私が何かを言う前に、男は、あげないよ、と言って中に入っていた飴を口に放り込んだ。桃のような甘い香りが一瞬だけ鼻をくすぐる。男は飴の包み紙を両手で持って、肩を細かく震わせながら笑みをぼろぼろとこぼした。

「柚莉愛ちゃん、もういいよ、だってさ」

かすかに変化する笑顔はそのままに、男は深く息を吸う。その両手は私の首に向かってくる。声を出すことができない。床に置かれた足は、だんだん冷たくなっていく。私は一体、どこで間違えてしまったのだろう。

「久美、助けて……」

壁に貼られたポスターを見ると、久美の笑顔が薄暗い輝きを放っていた。

本当の鬼は
だーれだ？

CDリスト

となりの☆SiSTERs

	曲名	サビの歌詞	備考
1	きみのとなり	どっちのとなりきみは座るの 心臓が破裂しそうに鳴るの でもねなんでいつもきみは来ないの 私ずっと待っていたのに	デビュー曲
2	涙色☆STAR	涙に色があるのならば 一つずつ触って確かめたい きみのほっぺに綺麗な雨粒 流れ星きっと見逃した	
3	お願いBABY	お願いBABY！　わかって！ 意地張ってそっぽ向いてないで こっち向いてよ　私を見てよ	
4	雨は シンフォニー	雨はシンフォニー　私はいつでも きみとここに戻ってきたいの 晴れ渡る空見上げて思い出すのは きみのこと　言えずにいたこと	
5	HeLP Me!	助けてHeLP Me！　HeLP Me！ 私の声聞いて いつかはFeeLiNG　FeeLiNG 伝えたいけど	プロモーション 「#柚莉愛とかくれんぼ」 を実施

如月由香

	曲名	サビの歌詞	備考
1	まぶしいくらい	まぶしいくらいに あなたの瞳を覗いたら 見えないものが見える？ あの万華鏡みたいに	デビュー曲
2	中古品： 綺麗な状態です	私を買いたいですか？ いくらまで出せますか？ 何も知らないくせに 「綺麗だ」とか言わないでよね	Twitterで 話題となった曲
3	バスルーム	シャンプーが絡む音 私が剝がれる音 あなたの香り思い出して 泣きたくなる	シャンプーCM

4	誓ってくれなきゃ	きっと今日くらいの天気が 結婚日和だね ほら誤魔化さないで誓って	結婚情報誌CM
5	17回目の クリスマス	言い飽きた言葉メリクリ ケーキを食べてお祝いしなきゃ 口ずさんでしまうメリクリ 明日にはもうゴミになっちゃうから お祝いしよう今日だけのメリクリ	コンビニケーキCM
6	愛よりチョコでしょ	見えないものは怖いから できるだけ高いチョコをちょうだい 言えないことを言ってほしいから 手紙も書いておいて	高級チョコレートCM
7	tinyになりたい	tinyなあの子みたいになったら 私のことも好きになってね ここでずっと待っているから あなたに会える日まで	主演ドラマ 「隣あいてる?」 主題歌
8	ショートカット	こんなに後悔すると思わなかった あなたのせいだよ ショートカットが好きとかいうから 私がバカだから	ヘアスタイリング剤CM
9	五月雨って いつ降るの?	かっこつけてサミダレとか言うから 私が笑ってできた少しの間が 二人の距離を近くさせて そのまま離れさせる	ドラマ 「なんだかんだ」 主題歌
10	夢を見ていた	おめでとうございます! 全部嘘でした! あなたの友だちも恋人も 家族も仕事も全部	主演ドラマ 「全部、嘘でした。」 主題歌
11	アイシテル… なんてね	奪ってやるから 手に入れてやるから そのためだったら何でもするから なんてねって言ったらどうする?	ドラマ 「どの子が欲しい?」 主題歌

本書は二〇二〇年二月に小社より単行本として刊行されたものです。

この物語はフィクションであり、実在するいかなる場所、団体、個人等とも一切関係ありません。

|著者|真下みこと　1997年埼玉県生まれ。2019年『＃柚莉愛とかくれんぼ』（本書）で第61回メフィスト賞を受賞し、2020年デビュー。著書に『あさひは失敗しない』がある。またアンソロジー『Day to Day』に掌編小説「40分の１」が収録されている。シンガー・みさきとの「読む音楽」と「聴く小説」を届けるボーダレスデュオ「茜さす日に嘘を隠して」では小説執筆と作詞を担当、活躍の場を広げている。

＃《ハッシュタグ》柚《ゆ》莉《り》愛《あ》とかくれんぼ
真《ま》下《した》みこと

2021年11月16日第１刷発行

発行者――鈴木章一
発行所――株式会社　講談社
東京都文京区音羽2-12-21　〒112-8001
電話　出版（03）5395-3510
　　　販売（03）5395-5817
　　　業務（03）5395-3615
Printed in Japan

講談社文庫
定価はカバーに
表示してあります

KODANSHA

デザイン―菊地信義
本文データ制作―講談社デジタル製作
印刷―――豊国印刷株式会社
製本―――株式会社国宝社

ISBN978-4-06-526046-3

講談社文庫刊行の辞

二十一世紀の到来を目睫に望みながら、われわれはいま、人類史上かつて例を見ない巨大な転換期をむかえようとしている。

世界も、日本も、激動の予兆に対する期待とおののきを内に蔵して、未知の時代に歩み入ろうとしている。このときにあたり、創業の人野間清治の「ナショナル・エデュケイター」への志を現代に甦らせようと意図して、われわれはここに古今の文芸作品はいうまでもなく、ひろく人文・社会・自然の諸科学から東西の名著を網羅する、新しい綜合文庫の発刊を決意した。

激動の転換期はまた断絶の時代である。われわれは戦後二十五年間の出版文化のありかたへの深い反省をこめて、この断絶の時代にあえて人間的な持続を求めようとする。いたずらに浮薄な商業主義のあだ花を追い求めることなく、長期にわたって良書に生命をあたえようとつとめるところにしか、今後の出版文化の真の繁栄はあり得ないと信じるからである。

同時にわれわれはこの綜合文庫の刊行を通じて、人文・社会・自然の諸科学が、結局人間の学にほかならないことを立証しようと願っている。かつて知識とは、「汝自身を知る」ことにつきていた。現代社会の瑣末な情報の氾濫のなかから、力強い知識の源泉を掘り起し、技術文明のただなかに、生きた人間の姿を復活させること。それこそわれわれの切なる希求である。

われわれは権威に盲従せず、俗流に媚びることなく、渾然一体となって日本の「草の根」をかたちづくる若く新しい世代の人々に、心をこめてこの新しい綜合文庫をおくり届けたい。それは知識の泉であるとともに感受性のふるさとであり、もっとも有機的に組織され、社会に開かれた万人のための大学をめざしている。大方の支援と協力を衷心より切望してやまない。

一九七一年七月

野間省一

講談社文芸文庫

吉本隆明

追悼私記　完全版

肉親、恩師、旧友、論敵、時代を彩った著名人——多様な死者に手向けられた言葉の数々は掌篇の人間論である。死との際会がもたらした痛切な実感が滲む五十一篇。

解説=高橋源一郎

よB9

978-4-06-515363-5

吉本隆明

憂国の文学者たちに　60年安保・全共闘論集

解説=鹿島茂　年譜=高橋忠義

よB10

978-4-06-526045-6

戦後日本が経済成長を続けた時期に大きなうねりとなった反体制闘争を背景とする政治論集。個人に従属を強いるすべての権力にたいする批判は今こそ輝きを増す。

講談社文庫　目録

芥川龍之介　藪の中
有吉佐和子　新装版 和宮様御留
阿刀田　高　ナポレオン狂
阿刀田　高　新装版 ブラック・ジョーク大全
相沢忠洋　「岩宿」の発見〈幻の旧石器を求めて〉
鮎川哲也　りら荘事件
赤川次郎　偶像崇拝殺人事件
赤川次郎　人間消失殺人事件
赤川次郎　三姉妹探偵団
赤川次郎　三姉妹探偵団2〈キャンパス篇〉
赤川次郎　三姉妹探偵団3〈珠美・初恋篇〉
赤川次郎　三姉妹探偵団4〈怪奇篇〉
赤川次郎　三姉妹探偵団5〈復讐篇〉
赤川次郎　三姉妹探偵団6〈危機一髪篇〉
赤川次郎　三姉妹探偵団7〈駈け落ち篇〉
赤川次郎　三姉妹探偵団8〈人質篇〉
赤川次郎　三姉妹探偵団9〈青ひげ篇〉
赤川次郎　三姉妹探偵団10〈父恋し篇〉
赤川次郎　死が小径をやってくる〈三姉妹探偵団11〉
赤川次郎　死神のお気に入り〈三姉妹探偵団12〉
赤川次郎　次女と野獣〈三姉妹探偵団13〉
赤川次郎　心地よい悪夢〈三姉妹探偵団14〉
赤川次郎　ふるえて眠れ、三姉妹〈三姉妹探偵団15〉
赤川次郎　三姉妹、呪いの道行〈三姉妹探偵団16〉
赤川次郎　三姉妹、初めてのおつかい〈三姉妹探偵団17〉
赤川次郎　恋の花咲く三姉妹〈三姉妹探偵団18〉
赤川次郎　月もおぼろに三姉妹〈三姉妹探偵団19〉
赤川次郎　三姉妹、ふしぎな旅日記〈三姉妹探偵団20〉
赤川次郎　三姉妹、清く貧しく美しく〈三姉妹探偵団21〉
赤川次郎　三姉妹と忘れじの面影〈三姉妹探偵団22〉
赤川次郎　三姉妹、舞踏会への招待〈三姉妹探偵団23〉
赤川次郎　三人姉妹殺人事件〈三姉妹探偵団24〉
赤川次郎　三姉妹、さびしい入江の歌〈三姉妹探偵団25〉
赤川次郎　静かな町の夕暮に
赤川次郎　キネマの天使〈レンズの奥の殺人者〉
泡坂妻夫　花火と銃声
新井素子　グリーン・レクイエム〈新装版〉
安能務 訳　封神演義 全三冊
安西水丸　東京美女散歩
綾辻行人　殺人方程式〈切断された死体の問題〉
綾辻行人　鳴風荘事件 殺人方程式Ⅱ
綾辻行人　十角館の殺人〈新装改訂版〉
綾辻行人　水車館の殺人〈新装改訂版〉
綾辻行人　迷路館の殺人〈新装改訂版〉
綾辻行人　人形館の殺人〈新装改訂版〉
綾辻行人　時計館の殺人〈新装改訂版〉
綾辻行人　黒猫館の殺人〈新装改訂版〉
綾辻行人　暗黒館の殺人 全四冊
綾辻行人　びっくり館の殺人
綾辻行人　奇面館の殺人(上)(下)
綾辻行人　どんどん橋、落ちた〈新装改訂版〉
綾辻行人　緋色の囁き〈新装改訂版〉
綾辻行人　暗闇の囁き〈新装改訂版〉
綾辻行人　黄昏の囁き〈新装改訂版〉
綾辻行人ほか　7人の名探偵
我孫子武丸　探偵映画
我孫子武丸　新装版 8の殺人

2021年9月15日現在